U0559421

维德插图

柔巴依集

RUBÁIYÁT
OF OMAR
KHAYYÁM

✳

DRAWINGS BY
ELIHU
VEDDER

〔斯〕欧玛尔·海亚姆
原 著

〔英 〕爱德华·菲茨杰拉德
英 译

〔美 〕伊莱休·维德
插 图

锦莹 译

上海文化出版社

译者前言

钟 锦 | Zhong Jin

1858 年，菲茨杰拉德把 35 首柔巴依的诗稿交给弗雷泽杂志，但迟迟没有发表。1859 年 1 月，他收回这 35 首，加上一直在修改的 40 首，编成一共 75 首的《欧玛尔·海亚姆的柔巴依集》交给出版商夸里奇，他自费印了 250 册，其中 50 册自用，200 册销售。销售情况很不好，最终从一先令（有的资料说是五先令）贱卖到一便士。名诗人罗塞蒂和史文鹏等人偶然买到，大加赞誉，才引起一些关注，但也没有太流行。直到 1866 年，夸里奇那里还剩 10 册时，开始准备再版。1868 年，第二版印行 500 册，增加到 110 首。查尔斯·艾略特·诺顿在 1869 年 10 月号的《北美评论》上写了一篇评论，《柔巴依集》首先在美国受到广泛关注，其诗句逐渐被频繁引用。1872 年，菲茨杰拉德出版了第三版，确定为 101 首，编次看起来也很有讲究，他的版本就此定型。1879 年和 1889 年的第四版和第五版，变动不算太大。第三版在美国很流行，1878 年美国印行了第一个菲译《柔巴依集》版本，用的就是第三版。1894 年维德插图本在美国出版，也是用第三版，但维德的插图对诗歌作了独到的诠释，为了符合诠释思路，诗歌的次序作了一定调整。尽管维德插图本是第一本插图版本，但至今在插图艺术和诠释思想上，仍然有其不可取代的地位。因此，我们决定用维德本进行翻译，想提供一个更具阅读趣味的版本。

《柔巴依集》的收藏家顾家华先生跟我说，这诗集有三个里程碑式的中译本：郭沫若最早的全译本，黄杲炘严守格律的译本，黄克孙最被接受的旧体译本。郭沫若天才恣肆，不在"信"上较真，有时连押韵也予宽贷，译出了最有诗味的白话译文。但说到诗味，我宁愿读黄克孙的旧体译本。黄杲炘先生译本的"信"做得最好，只是白话格律的束缚，未免生硬，当然这是因为白话先天不足造成的。

这次翻译我使用的是白话诗体，但放弃了白话格律，按着意思翻译，"信"是头等的要求。翻译常说"信、达、雅"，在一般人看来，"信"才是根基。尽管我也会安于菲茨杰拉德的说法："宁要麻雀的真身，也强如老鹰的标本。"不过，终究是个一般人，"信"早已深入骨髓。既是诗，押韵不能免去。我习惯了旧体诗的押韵，绝不平、上、去声通押，但没想到为了押韵，却时时不得不背离"信"。如果再讲究格律，背离就更严重了，只好放弃。在白话里，韵想押得稳，比文言难百倍，这是语言落后的一个反映。文言的押韵，在天才手里，能够积极参与美感的成就，白话的押韵在任何人手里都只是负担。译文不追求藻饰，毕竟白话一加藻饰，俗极不可耐。求得个自然流畅，已觉颇为不易了。

我一向对自己的白话没有信心，尤其是用来写诗，怕以辞害意，就接受了家华的建议，请汪莹用白话散文再译一遍。由于没有了格律、押韵的约束，"信"就得到更好的体现了。维德的插图注释，也由汪莹译出。附录菲茨杰拉德的原序和原注，由我翻译。维德的底本由家华提供，这是他私人的收藏品，有维德在罗马的签名，在此感谢他无偿的帮助。

自己经过了翻译，才得以体会到前辈的努力，时存敬畏。但我不得不一吐为快的是，近年出了几种完全做不到"信""达"的译本，"雅"则我不知道，其中不乏名诗人、名教授。这个时代出现这样的译文，实在是对前辈的不尊重。这些译本我都买了来，置于案头，时时自警。

伊莱休·维德 | Elihu Vedder

诗与画的完美结合
—— 谈伊莱休·维德的诗画本

顾家华 | Gu Jiahua

19 世纪中叶，英国文人爱德华·菲茨杰拉德（Edward FitzGerald）运用组合翻新、加工提炼、整理编制的手法意译了波斯科学家兼诗人欧玛尔·海亚姆（OMAR KHAYYÁM，约 1048 － 1122）的波斯文本"四行诗"（RUBÁI），这本小诗集的书名为 *RUBÁIYÁT OF OMAR KHAYYÁM*，见英国安布罗斯·乔治·波特（Ambrose George Potter）编制的 *A BIBLIOGRAPHY OF THE RUBÁIYÁT OF OMAR KHAYYÁM* 1929（即波特专题书目 #1、#129、#137、#141）。此书在我国汉译本中最初由郭沫若早在 1924 年出版单行本时缩简为汉译书名《鲁拜集》（见波特专题书目 #567；见顾家华编的《〈鲁拜集〉汉译书目》2021，即老鸽专题书目 #3）、黄杲炘在 1982 年出版新译本时采用通常这一"四行诗"诗体的译名"柔巴依"即缩简为汉译书名《柔巴依集》（见老鸽专题书目 #20）。其实，它的完整书名应译为《欧玛尔·海亚姆的柔巴依》，而《鲁拜集》《柔巴依集》中的"集"字有点意译化了，RUBÁI 的复数形式 RUBÁIYÁT后缀的 YÁT 大可不必译出，中文本身对"复数"概念比较模糊，如果非要翻译这一"复数"的话，笔者认为同样用音译为宜，如"柔巴依亚特"或"柔巴依雅特"。然而为了统一协调起见，本文依随本书的译名《柔巴依集》。

柔巴依（ruba'i；roba'i），亦即"鲁拜体"，作为格律诗体形式，很像汉诗的"绝句"，独立成篇，每首四行，每行五步音节，第一、二、四行押韵，第三行大抵不押韵，但也可以四行通押或用同字韵。柔巴依这一诗歌体裁，自古至今流行于维吾尔、哈萨克、塔吉克与乌兹（孜）别克等覆盖并涉及波斯中亚等颇为广泛的信仰伊斯兰教的地区或国家。

《柔巴依集》这本薄薄的小册子仅一百多首英译诗，却以内容具有感慨生命如寄、盛衰无常为哲思的人类命题和任性及时行乐、纵酒放歌为宽解的人生态度，以及诗意文字优美华丽，诗句节奏抑扬顿挫、朗朗上口并散发东方异国风情而取胜，历经 160 多年一直风靡全球受到世界各国各民族读者的欢迎、喜爱和追崇。

伊莱休·维德和他的诗画本《柔巴依集》

有一个令人惊奇的现象是，艺术家们蜂拥的为该诗集作画、配图及装帧，其历史源远流长、经久不衰，至今乐此不疲，实属罕见。据专题研究者的考查和统计，自十九世纪七十年代到现代，至少有超过 150 位的各国知名艺术家（主要为英美及伊朗），用了各式各样的绘画方式与技法，纷纷为菲氏英译的《柔巴依集》创作了插画图稿以及设计装饰。而且用《柔巴依集》的主题与意象还产生了种类繁多、五花八门的衍生艺术品及文创生活用品。

早在一百四十年前的 1884 年，美国波士顿霍顿·米福林 [Houghton Mifflin] 出版公司率先出版了美国著名画家伊莱休·维德 [Elihu Vedder] 编绘的诗画本《柔巴依集》（见波特专题书目 #201），被公认为该诗集插画艺术流脉的源头。毫无疑问，维德开创了《柔巴依集》绘画艺术史的先河，成为了《柔巴依集》插图艺术家的开山鼻祖。维德用了将近一年的时间构思创意，专注地为《柔巴依集》绘制了 50 多幅整版图案。

插画，也叫插图。英文的 illustration 源自拉丁文 illustraio，原意为"照亮"。就是说插画可以帮助读者理解书面文字，使书文的意义变得更明确清晰，生动活泼，让读者产生感性的直观认识。好的插画，对读者具有视觉冲击和心灵穿透力，其艺术感染的悟性力量能更好地配合与反映书中文字篇章的含义，取得文字表达阅读以外的赏心悦目之效果。

因此，维德绘制的《柔巴依集》，确切地说，就是独具一格的诗中有画、画中有诗、诗情画意、诗画并茂的"诗画本"，"照亮"了《柔巴依集》蕴涵的丰富诗意，提升了该诗集的阅读价值、欣赏价值与珍藏价值。可以说，没有比这个"诗画本"的诗与画更紧密融合、浑然于一体的了，恰似钢琴和小提琴的配合，演绎了非常协调的合奏共鸣曲一样。所以，维德自己就不认为他的这个"诗画本"只是单纯的"插图"（illustration），而是如伴奏般的"配图"（accompaniment）——的确，理由很简单也很明显：菲茨杰拉德的诗被镶嵌在维德画作的框内，菲诗看上去反倒像是画作的"注解"与"旁白"呢。菲茨杰拉德的译诗文本第一次感受到了艺术家如此用心用功，如此倾情倾力的热忱待遇与具象诠释。

伊莱休·维德（1836 年 2 月 26 日——1923 年 1 月 29 日），出生于美国纽约。维德是一位象征主义和现实主义的前拉斐尔派画家、插画艺术家和诗人，擅长油画和壁画。作为画家，维德也酷爱诗歌，他常以"梦幻"（visionary）艺术家自喻。"沙龙"圈内认为他的绘画作品富有缜密的诗感，艺术主体表现"奇异、深奥"。

美国南北战争以后，维德离开了美国，一直生活在意大利。维德多次到过英国，和前拉斐尔派西蒙·所罗门 [Simeon Solomon] 成为朋友，并受到西蒙的很多影响。在爱尔兰时，又受到了神秘主义的威廉·布莱克 [William Blake] 和威廉·巴特勒·叶芝 [William Butler Yeats] 的影响。

维德虽常回美国老家但不愿常住，他喜欢生活在"艺术的殿堂和文艺复兴的故乡"意大利，直到死后被安葬在罗马的基督教墓场。

以维德诗画本为书芯的超豪华版
《柔巴依集》传奇

这里值得一提的是，1914 年，在史上航海大灾难"泰坦尼克号"豪华游轮沉没的宝藏中，有一件极为珍贵的随船运载的宝物，那就是以维德诗画本《柔巴依集》作为内芯的"书之瑰宝"，它是有史以来世上最奢华的书：烫金用去了 2500 个小时，拼接嵌入 4967 块各种颜色的羊皮，烫有 100 平方英尺的金叶脉络，镶嵌 1050 颗各种宝石。这是英国十九世纪末组建的著名 S&S 豪华书籍手工装帧作坊（Francis Sangorski &

George SutcliffeIn），于 1912 年起精心制作的高档礼品书，简直就是以书为名义打造了一件精湛的手工艺术品。

S&S 作坊掌门人之一的弗朗西斯·桑格斯基 [Francis Sangorski]，很是赏识和倾慕美国出版于 1884 年的维德豪华版诗画本《柔巴依集》。而菲茨杰拉德的该诗集则是英国人自己的诗歌作品，同样作为英国人的桑格斯基的装帧设计，就自然抱着极为专心致志、欲更为超越的心态了。

他们整整花了两年的光阴，竭尽 S&S 公司的所有技术力量与人力物力，诞生了世界书史上最为炫丽显赫的一本书——被誉为"伟大的奥玛"（The Great Omar），一本极其辉煌的装帧书经典。但是，深深为之可惜的是"伟大的奥玛"出世不久，就随同"泰坦尼克号"的沉船而葬身大海，实在是昙花一现，人间容不下神品呀。而这个悲厄命运的故事，却成了书史书事中为人津津乐道的一段佳话。

桑格斯基的 S&S 作坊从二十世纪初，就开始手工制作豪华的珍藏本——各种装帧非常考究的《柔巴依集》，到了 1912 年，至少已有数十本问世，但都不及"伟大的奥玛"那样用料极其奢侈、制作极为精致。

根据英国罗勃·谢泼德著《随泰坦尼克号沉没的书之瑰宝》（见老鸽专题书目 #596）一书介绍，我们了解到了"伟大的奥玛"的封面、衬页等图案式样与设计式样，但不清楚桑格斯基十分推崇的维德本，是怎样在书装的整体安排上，把"伟大的奥玛"与维德诗画本的图案理念相结合。然而我们见到的两者，在装饰风格上看上去好像并不相干。毋容置疑，"伟大的奥玛"的书芯用了维德本的绘画，但是我们现在无从知晓的是"伟大的奥玛"的设计创意是怎么与这个"书芯"的原作构思配套的？怎么产生交相辉映且相得益彰的效果？也许"伟大的奥玛"只是一个像书盒般的外壳，里面放上一本维德的诗画本而已，我猜。

维德诗画本《柔巴依集》的出版与版本

维德为这本书（史称"豪华版"）的制作倾注了精力和心机，贡献了智慧和创意，发挥了天才的想象力，取得了巨大的成功。

当时初版发行的限量版 100 册，指的是维德的签名本，签名本的售价 100 美元，书内诗文用的是手写美术体；无签名本的只要 25 美元，书内诗文用的是手写正楷体。不到一周的时间便告售罄。随后，维德因他的"诗画本"深受读者的欢迎和评论家的高度赞赏而盛享声名。维德也因此确立了"主导美国艺术的画家"称号和地位。

50 多幅整版画的创作周期为 1883 年 5 月至 1884 年 3 月，用了几乎一年的时间。当维德开始创作这些画的 1883 年 6 月，菲茨杰拉德离世。有人认为，维德的这个"诗画本"的设计与画作，具有欧洲基督教格调，缺乏波斯东方色彩，传递出奇特的古色古香风格。殊不知，维德的这些画是否饱含着对菲氏的怀念之情与纪念意义呢。好在当时的维德远离着美国社会的功利世俗——那个"物质主义盛行的时代"，因而在他的那些高雅画作之中保持了画家的创作纯情和艺术的安谧纯粹，像纯洁的白云那样清灵，像纯净的绿水那样清澈。

让维德享誉盛名的《柔巴依集》豪华版诗画本，自 1884 年出版后，曾连续在 1886 年、1894 年、1912 年相继再版或重印过很多次，可想而知其印量与销量都非常可观。

1884 年版维德本的印刷工艺，号称用了当时"新的照相制版法"（网目凸版复制而成），据说是一种"运用类似拓印的方式"来"实现石版画原作的本态"。

1884 年初版的印张规格，大概为了彰显其高贵的气派和尊贵的气度，采用的是硕大的对开本。"对开本"的开本之大可谓书中之王了。以后出版的各版都小于 1884 年初版，1884 年版的"对开本"实际封面尺寸是 40 × 33 cm；1886 年版的尺寸是 32.5 × 24.5cm；1894 年版的尺寸是 22 × 17cm。

1884 年 11 月维德本出版时，1879 年菲茨杰拉德英译的"第四版"已经出了多年。而且"第四版"是菲氏生前出版的最后一个"定本"。那么，为什么维德没用"第四版"而用了一般不大被重印再版的 1872 年的菲氏"第三版"呢？可能的情况是维德手头有的版本正是美国 1878 年首次出版菲氏《柔巴依集》的初版本，即是 1872 年的菲氏"第三版"。

维德不仅出乎意料地用了"第三版",更出乎意料的是维德打乱了菲氏诗本的原顺序,或用一首、二首,或用三首、四首,如此不等的几首为一组的方法,把 101 首诗重新编排组合。或许他认为内容或意思相近相似的可以归为同一类,因而编成几十个小节,绘制了相应的整版图画。每小节标注一个分标题。在一些小节中还写下了一些充满诗意的说明文字。

维德诗画本《柔巴依集》的特色与意义

这样,维德把诗集完成了三大部分的整合,也就是综述了人生的三个阶段:其一,生命美好而应及时行乐;其二,面对现实的烦恼、残酷与苦难唯有酒可解脱;其三,生命本无常而对人生的无力感只能持认同与信奉的态度。有评论家认为,特别是对第三阶段的领悟,维德越出了美学的范畴,进入了哲学的深度。也许这是由于他的两个儿子接连夭折而同时又接连降生一儿一女,所带来的痛苦与欣慰,那种"命运不测""生死轮回"的失迷情绪,以及沉浸于求索探微的收获。

由此而言,我们不能不把维德的这个"诗画本",看作"欧玛尔——菲氏——

维德"之间，既各自具有独创性的又是紧密结合在一起的"三位一体"精神维系同频共振的应验！三者"个性"的灵魂共鸣，熔铸并达到了"共性"的艺术精度、宽度与高度。正像维德深有感触地说："无疑，三种相近的精神在这里交汇了；……欧玛尔……菲茨杰拉德……我……在'永无尽头'（sans end）的冥冥之中终能随缘而遇。"维德自信，他的"诗画本"的成功，基于欧玛尔的"种子"和菲氏的"土壤"，他的"这些绘画"才能"最终开花结果"。

我们倘若细细地品味，总可感知"欧玛尔——菲氏——维德"反映的主题思想一脉相承，即：追寻人生的终极意义。如维德的题为"欧玛尔的寓意"（Omar's Emblem）的那幅画（见本书 P.028），描绘了象征性的标志化形象：一只歌唱的夜莺，象征生命；夜莺脚下的骷髅，象征死亡；宇宙漩涡中飘散的玫瑰花瓣，象征人生的光鲜、欢舞与零落。——显然，这些意象与意境是"欧玛尔——菲氏——维德"的共同主旋律。

反映维德诗画本的诗情画意，我们可以从他的"散文诗"般的为一些图画作的注解——那些"说明词"中找到对应或答案。读者可以好好地读一读，细细品嚼，体会一二。

总而言之，维德诗画本的特色与意义就是在不计其数的《柔巴依集》出版物的各个版本中彰显其与众不同，从内容调整、排版开本到配画构图、布局印刷等等，都是个性化的、创造性的、别具一格的，它在《柔巴依集》的绘画史上独占鳌头又始终保持着首屈一指的地位，确是一部高品位的、出色而非凡的作品。

2024 年 11 月 24 日

本文原载上海《文汇读书周报》2015 年 7 月 20 日第一版
本书转载时作者作了修改

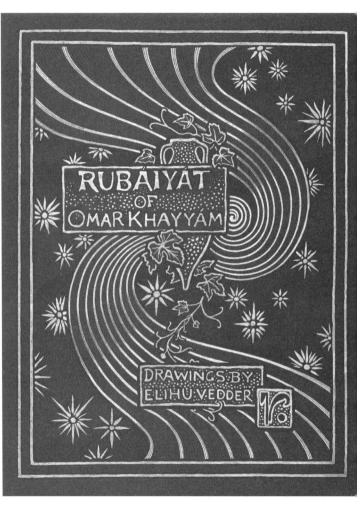

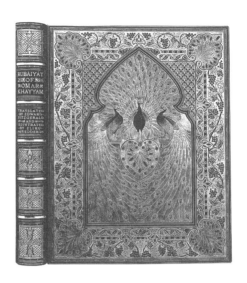

※　左图　维德诗画本封面
　　右图　"伟大的奥玛"封面

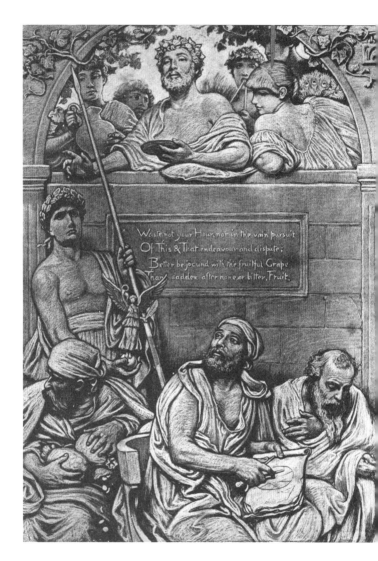

Waste not your Hour, nor in the vain pursuit
Of This & That endeavour and dispute;
Better be jocund with the fruitful Grape
Than saddex after none or bitter, Fruit.

维德插图柔巴依集

33

别浪费你的日时，

也别徒然为了这个和那个用功和争执；

　欢享那繁实累累的葡萄，

好过苦寻虚无，或涩口的，果实。

※ 不要浪费你的时光，也不要在这般或那般尝试和纷争中徒劳追求。与其苦苦寻求虚无或酸涩的果实，不如痛快享受丰产的葡萄。

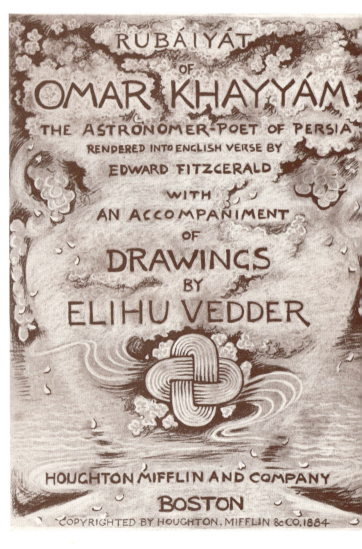

RUBÁIYÁT
OF
OMAR KHAYYÁM
THE ASTRONOMER-POET OF PERSIA
RENDERED INTO ENGLISH VERSE BY
EDWARD FITZGERALD
WITH
AN ACCOMPANIMENT
OF
DRAWINGS
BY
ELIHU VEDDER

HOUGHTON MIFFLIN AND COMPANY
BOSTON

波斯的天文学家、诗人

欧玛尔·海亚姆的柔巴依集

爱德华·菲茨杰拉德　译　英诗

伊莱休·维德　配　插图

霍顿·米福林公司

波士顿

霍顿·米福林公司版权所有 1884

THE RIVERSIDE PRESS

CAMBRIDGE

MASS

HOUGHTON, MIFFLIN AND COMPANY, BOSTON

河畔出版社
马萨诸塞州剑桥市
霍顿·米福林公司，波士顿

IN AFFECTIONATE APPRECIATION
OF HER UNTIRING HELP AND SYMPATHY
I DEDICATE THESE DRAWINGS
TO MY WIFE

诚挚的谢意
因为她一直的帮助和理解
　我呈献这些插图
给我的妻子

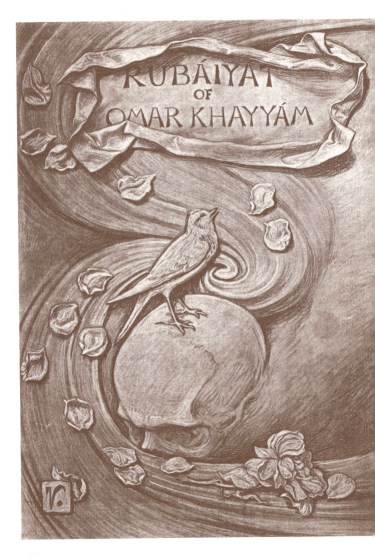

欧玛尔·海亚姆 的
《柔巴依集》

1

Wake! for the Sun who scatter'd into flight
The Stars before him from the Field of Night,
 Drives Night along with them from Heav'n, and strikes
The Sultan's Turret with a Shaft of Light.

2

Before the phantom of False morning died,
Methought a Voice within the Tavern cried,
 "When all the Temple is prepared within,
"Why nods the drowsy Worshipper outside?"

3

And, as the Cock crew, those who stood before
The Tavern shouted—"Open then the door!
 "You know how little while we have to stay,
And, once departed, may return no more."

1

醒来啊！太阳把他前面，
那些星斗从夜域驱散，
　　把夜也从天空一道赶出，
向着苏丹的塔殿射出光芒之箭。

※ *醒来吧！因为太阳已经将他之前的群星从黑夜的田野*
　中驱散，连着黑夜一起赶出天堂，并将一支光之箭射在
　苏丹的塔楼之上。

2

不等虚假黎明的幻影灭掉，
我想酒店里就有声音喊道，
　　"寺里头一切已经准备好，
外头昏昏的礼拜者怎么没睡醒觉？"

※ *在虚幻的曙光魅影消失之前，我感到有个声音从客栈*
　中传来，喊道："神殿里一切已准备就绪，为什么还让
　困倦的朝圣者在外打盹？"

3

鸡刚叫，那些人站了一排，
在酒店前大喊："把门打开！
　　你知道我们只能待上一小会儿，
而且，一旦离去，就不再回来。"

※ *当公鸡啼叫，站在客栈前的人们喊道："开门吧！你知*
　道我们只待片刻。而且，一旦离去，或许再不会回来。"

4

Now the New Year reviving old Desires,
The thoughtful Soul to Solitude retires,
  Where the WHITE HAND OF MOSES on the Bough
Puts out, and Jesus from the Ground suspires.

5

Iram indeed is gone with all his Rose,
And Jamshyd's Sev'n-ring'd Cup where no one knows;
  But still a Ruby gushes from the Vine,
And many a Garden by the Water blows.

6

And David's lips are lockt; but in divine
High-piping Pehlevi, with "Wine! Wine! Wine!
  "Red Wine!"—the Nightingale cries to the Rose
That sallow cheek of her's t'incarnadine.

4

新年把旧愿唤醒之期，
沉思的灵魂返归幽栖，
　　那儿摩西白色的手在枝头伸出，
耶稣从地下呼吸。

※ 现在新年唤醒了旧时的愿望，沉思的灵魂退居到了幽
　　静的地方，在那里，树枝长出摩西的白手。从地底传来
　　耶稣的气息。

5

伊兰园带着他所有的玫瑰去了，
杰姆西王的七环杯在哪里没人晓得；
　　但是野藤上的红宝石还在闪耀，
那么多水边园子里的花也都开着。

※ 伊兰园同他所有的玫瑰都已消逝，杰姆西王的七环杯
　　也没有人知道在哪里。但藤蔓间如红宝石依然闪耀，水
　　边的许多园子里花儿绽放。

6

大卫的唇紧闭；而高亢尖亮、神圣稀有，
宛然巴列维的语声，"酒！酒！酒！
　　殷红的酒！" —— 那是夜莺对着玫瑰在叫，
让血红润泽她蔫黄脸颊的枯朽。

※ 大卫的双唇紧锁，但用绝妙高调的巴列维语说"酒！
　　酒！酒！红酒！" —— 那是夜莺喊向玫瑰，染红她蜡黄
　　的脸颊。

Come, fill the Cup and in the fire of Spring
Your Winter-garment of Repentance fling:
    The Bird of Time has but a little way
To flutter—and the Bird is on the Wing.

Whether at Naishápúr or Babylon,
Whether the Cup with sweet or bitter run,
The Wine of Life keeps oozing drop by drop,
The Leaves of Life keep falling one by one.

Each Morn a thousand Roses brings, you say;
Yes, but where leaves the Rose of Yesterday?
    And this first Summer month that brings the Rose
Shall take Jamshyd and Kaikobád away.

Well, let it take them! what have we to do
With Kaikobád the Great, or Kaikhosrú?
    Let Zál and Rustum thunder as they will,
Or Hátim call to Supper—heed not you.

7

来, 倒满杯子, 这春天的火焰正炽,
向其中把你悔恨的冬衣抛掷:
　　时光之鸟只有很短的路程去飞,
　　—— 而那鸟已经展翅。

※ 来吧, 盛满酒杯, 在春天的火中把你悔恨的冬装抛去:
　时光之鸟只能飞一段短途, 而且那只鸟已经展翅。

8

莫管在内沙布尔还在巴比伦,
莫管杯中倾出酸苦还是甘醇,
　　生命之酒在一滴滴渗漏,
　　生命之叶在一片片飘沦。

不管在内沙布尔还是在巴比伦, 不管杯
里倒出的是甜酒还是苦酒, 生命之酒
一滴一滴持续渗出, 生命之叶一片一片
持续掉落。

9

你说, 每个早晨带来一千朵花;
是, 可昨天的玫瑰落在谁家?
　　这第一个夏月带来了玫瑰,
　　也带走了杰姆西和凯柯巴。

※ 你说, 每个早晨带来千朵玫瑰。是的,
　但昨天的玫瑰又去了哪里? 这带来玫瑰
　的第一个夏月将带走杰姆西和凯柯巴。

10

好吧, 让它带走他们!
我们何须为凯柯巴大帝和凯霍斯鲁操心?
　　让扎尔和鲁斯图姆纵情叫战,
　　或是哈蒂姆命宴—— 你尽可不问不闻。

※ 让它带走他们吧! 凯柯巴大帝或凯霍斯鲁跟我们有什
　么关系? 让扎尔和鲁斯图姆肆意咆哮或任哈蒂姆唤人
　赴宴—— 你不必理会。

11

With me along the strip of Herbage strown
That just divides the desert from the sown,
    Where name of Slave and Sultán is forgot—
And Peace to Máhmúd on his golden Throne!

12

A Book of Verses underneath the Bough,
A Jug of Wine, a Loaf of Bread—and Thou
    Beside me singing in the Wilderness—
Oh, Wilderness were Paradise enow!

11

跟我沿着长满牧草的狭长地带，

那恰好将荒地隔在田亩之外，

　　这里奴隶和苏丹之名都被忘掉 ——

祝马穆德在他的金座上安泰！

※ 和我一起沿着狭长的牧草地带走走，这里恰巧把荒漠
　和田野隔开，在这里奴隶和苏丹的名字被遗忘 —— 并
　且祝马穆德在他的黄金宝座上平安！

12

树枝下一壶酒，一块干粮，

一卷诗，还有你伴我身旁，

　　在这荒野放歌，

哦，荒野就是天堂！

※ 在大树枝下，一本诗集，一壶葡萄酒，一条面包 ——
　还有你在我身边，在荒野中歌唱——哦，此刻，荒野
　足为天堂！

13

Some for the Glories of This World; and some
Sigh for the Prophet's Paradise to come;
Ah, take the Cash, and let the Credit go,
Nor heed the rumble of a distant Drum!

14

Look to the blowing Rose about us—Lo,
"Laughing," she says, "into the world I blow,
"At once the silken tassel of my Purse
"Tear, and its Treasure on the Garden throw."

15

And those who husbanded the Golden grain,
And those who flung it to the winds like Rain,
Alike to no such aureate Earth are turn'd
As, buried once, Men want dug up again.

16

The Worldly Hope men set their Hearts upon
Turns Ashes—or it prospers; and anon,
Like Snow upon the Desert's dusty Face,
Lighting a little hour or two—is gone.

13

有人为了此世的荣光；

有人思慕祈盼着先知的天堂；

　　啊，拿了现钱，丢开债券，

别理会隆隆的鼓声在远方！

※　有人向往这一世的荣耀，有人渴望先知所言的来世天
　　堂。啊，收取现钱，别管债券，也不要留心远处隆隆
　　的鼓声！

14

看那绽放的玫瑰绕在我们身边，

"看，"她说："我绽放着笑盈盈地来到世间，

　　很快我锦囊的丝穗就被扯掉，

它的珍宝撒落花园。"

※　看我们身边绽放的玫瑰——"你瞧，我
　　笑着，"她说，"在世间开放，很快我
　　锦囊的丝穗被扯掉，囊中的珍宝扔在
　　花园里。"

15

那一些耕耘出金色的稻米，

那一些把它如雨般抛在风里，

　　他们都不会变得像这金沙，

一朝沉埋，人们总想再去掘起。

※　那些节约金色稻谷的人，那些把它像
　　雨一样抛在风中的人，都不能变成这
　　样的金色沙土，因为，它一旦被埋藏，
　　人们还想着再挖出来。

16

人们热衷的俗世希望如灰冷掉；

或则它炽旺，销歇也很快来到 ——

　　就像大漠沙面上的雪，

只是一时半刻闪耀。

※　人们一心想要的尘世希求变成了灰烬 ——或变得兴
　　旺；不久，就像荒漠沙面上的雪，闪耀了一两小时——
　　便消逝不见。

Think, in this batter'd Caravanserai
Whose Portals are alternate Night and Day,
How Sultán after Sultán with his Pomp
Abode his destin'd Hour and went his way.

They say the Lion and the Lizard keep
The Courts where Jamshyd gloried and drank deep;
And Bahrám, that great Hunter—the Wild Ass
Stamps o'er his Head, but cannot break his Sleep.

17

想想看，在这破败的商旅住处，
交替的昼夜是它的门户，

　　多少代苏丹声势赫赫，
等待他命定的时刻，赶他的路。

※　想想，在这个破旧不堪的商队旅店里，它的大门是交
　　替的夜与昼，苏丹一个接一个何等显赫，等到他的命
　　定时刻，便上了路。

18

他们说狮子和蜥蜴之类，
留在了杰姆西王自负豪饮的宫内；

　　而巴拉姆王，那伟大的猎手 ——
野驴踏上他的头顶，但打不破他的沉睡。

※　据说狮子和蜥蜴占据了杰姆西王曾经荣耀和畅饮的宫
　　殿中；巴拉姆王，那伟大的狩猎者——野驴踩在他头
　　上，也无法惊醒他。

19

I sometimes think that never blows so red.
The Rose as where some buried Cæsar bled;
That every Hyacinth the Garden wears
Dropt in her Lap from some once lovely Head.

20

And this reviving Herb whose tender Green
Fledges the River-Lip on which we lean—
Ah, lean upon it lightly! for who knows
From what once lovely Lip it springs unseen!

21

Ah, my Belovéd, fill the Cup that clears
To-DAY of past Regret and future Fears:
To-morrow!—Why, To-morrow I may be
Myself with Yesterday's Sev'n thousand Years.

19

我常想不会有花儿红得这样，
像凯撒埋血处的玫瑰开放；
　　那花园里朵朵飘坠的风信子，
都曾在那些美人的头上。

※ 我有时思忖没有哪里的玫瑰绽放得如凯撒埋血的地方
那样红艳；花园里的每一朵风信子，都是从往昔的美
人头上落下。

20

这新生的草青嫩似毛羽，
遍覆如唇的河畔，我们在上斜倚——
　　啊，倚上时轻点儿！
谁知道当时它从哪片娇唇偷偷长起？

※ 新生的芳草，它娇嫩翠绿，像是我们斜躺着的似唇河
畔上的羽毛。啊，轻轻地斜躺在它上面！因为谁知道
它悄悄来自昔日哪片美丽的唇！

21

啊，我亲爱的，倒满杯子在今天，
过去的悔恨和将来的畏惧抛过一边：
　　明天！—— 什么，明天我也许，
连自己也归了昨天的七千年。

※ 啊，我的爱人，倒满酒杯，今天清除过去的悔恨和未
来的担忧：明天！——为什么，明天我自己或许与昨日
那七千年融为一体。

For some we loved, the loveliest and the best
That from his Vintage rolling Time has prest,
 Have drunk their Cup a Round or two before,
And one by one crept silently to rest.

And we, that now make merry in the Room
They left, and Summer dresses in new bloom,
 Ourselves must we beneath the Couch of Earth
Descend—ourselves to make a Couch—for whom?

Ah, make the most of what we yet may spend,
Before we too into the Dust descend;
 Dust into Dust, and under Dust, to lie,
Sans Wine, sans Song, sans Singer, and—sans End!

22

一些人被我们热爱，美好珍贵，

那是滚动时光压榨的醇酿之最，

　　此前也不过喝得一巡两圈，

便一个跟一个静静爬进去安睡。

※ 对于那些我们爱过的人们，如滚动的时间压榨出最美
　最好的酒，之前也只喝了一两轮，就一个接一个默默
　地进入长眠。

23

我们，现在作乐在他们留下的空房，

夏日穿起时新的花裳，

　　我们也得去到大地的床下 ——

为了谁？——自己变成一张床。

※ 我们，此刻在他们留下的房间里寻欢作乐，夏天穿上
　鲜花新衣，是为了谁我们终需躺在大地的床榻下，沦
　落到把自己变成一张床？

24

啊，把我们还能花费的尽量用完，

在我们也要进入尘土前；

　　尘土进入尘土，尘土下入睡，

没有酒，没有歌，没有歌者，也 —— 没有尽端！

※ 啊，尽情享受我们还能挥霍的一切，在我们也沦为尘
　土之前；尘土归入尘土，在尘土下长眠，无酒，无歌，
　无歌手，无尽头！

25

Alike for those who for To-day prepare,
And those that after some To-morrow stare,
  A Muezzin from the Tower of Darkness cries,
"Fools! your Reward is neither Here nor There."

26

Why, all the Saints and Sages who discuss'd
Of the Two Worlds so learnedly are thrust
  Like foolish Prophets forth; their Words to Scorn
Are scatter'd, and their Mouths are stopt with Dust.

27

Myself when young did eagerly frequent
Doctor and Saint, and heard great argument
  About it and about: but evermore
Came out by the same door where in I went.

28

With them the seed of Wisdom did I sow,
And with my own hand wrought to make it grow
  And this was all the Harvest that I reap'd—
"I came like Water, and like Wind I go."

27

我自己年轻时经常热切造访学者和圣人，
高论宏谈都有所闻，
    这个那个讲了许多：
但我出来和进入总在那同一个门。

> ※ 我年轻时确实经常热切地造访博士和圣贤，也曾聆听
> 关于这样和那样的高论：但永远都是从我进去的那扇
> 门出来。

28

跟着他们我把智慧的种子播在土中，
再用自己亲手的劳作让它长成；
    而这就是我得到的所有收获 ——
"我来如水，我去如风。"

> ※ 和他们一起我播撒智慧的种子，又亲手耕
> 作让它生长；这就是我所有的收成 —— "我
> 像水一样到来，又像风一样离开。"

25

有些人为了今天布置，
有些人向着明天盯视，
    宣礼者从黑暗之塔高喊，
"愚人！你的报偿不在今世也不在来世。"

> 对于为今天准备的那些人和注视明天之后的那些人，
> 穆兹津从黑暗之塔喊道："蠢人！你的回报今生来世都
> 不会有。"

26

为什么，所有圣徒和哲人，
如此智慧地就两个世界辩说纷纷 ——
    像愚蠢的先知一样被置之不顾；
他们的话遭蔑弃，他们的嘴封了尘。

> 为什么，所有如此高明地论述两个世界的圣贤和哲人
> ※ 他们都如愚蠢的先知般被推翻；他们的言论遭人郦夷、
> 东零西落，他们的嘴也被尘封。

Into this Universe, and *Why* not knowing,
Nor *Whence*, like Water willy-nilly flowing;
And out of it, as Wind along the Waste,
I know not *Whither*, willy-nilly blowing.

What, without asking, hither hurried *Whence* ?
And, without asking, *Whither* hurried hence !
Oh, many a Cup of this forbidden Wine
Must drown the memory of that insolence !

29

进入这宇宙，不知缘由，
也不知源头，如水漫漫而流；
　再从它出离，像风沿着荒漠，
漫漫而吹，我不知尽头。

※ 进入这宇宙，不知为何来，也不知从何处来，就像水
　随意地流淌；再从它那里出来，就像风吹过荒原，风
　随意地吹，我不知道吹向何处。

30

为何，没问问，匆匆到此竟何据？
也没问问，匆匆又向何方去！
　哦，这一杯杯被禁断的酒，
需要淹没那僭越之记忆！

※ 不问问，是什么从何处匆匆来到此地？也不问问随后
　要匆匆去向何地！噢，许多杯禁酒肯定淹没了对那无
　礼问题的记忆！

31

YESTERDAY *This* Day's Madness did prepare;
To-Morrow's Silence, Triumph, or Despair:
  Drink! for you know not whence you came, nor why:
  Drink! for you know not why you go, nor where.

31

昨天，预备了今天的疯狂，

明天的沉默，失望，或者辉煌：

　　喝！你不知道你从何来，为何来：

喝！你不知道你为何去，去何方。

※　昨天准备了今天的疯狂；明天的沉默、成功或绝望：
　　喝吧！因为你不知你从何处来也不知为何来；喝吧！因
　　为你不知你为何去也不知去何方。

32

But if in vain, down on the stubborn floor
Of Earth, and up to Heav'n's unopening Door,
You gaze To-day, while You are You—how then
To-morrow, You when shall be You no more?

33

Waste not your Hour, nor in the vain pursuit
Of This and That endeavour and dispute;
Better be jocund with the fruitful Grape
Than sadden after none, or bitter, Fruit.

32

但若徒然，往下在硬固的大地，
向上天堂的门锁闭，

　你注目今日，当你还是你 ——
而明日，你不再是你时又待何计？

※　向下凝望梆硬的大地，向上仰望天堂紧闭的大门，但
　　若都是徒劳，今天的你还是你。那明天，你将不再是你，
　　那该怎么办？

33

别浪费你的日时，
也别徒然为了这个和那个用功和争执；

　欢享那繁实累累的葡萄，
好过苦寻虚无，或涩口的，果实。

※　不要浪费你的时光，也不要在这般或那般尝试和纷争
　　中徒劳追求。与其苦苦寻求虚无或酸涩的果实，不如
　　痛快享受丰产的葡萄。

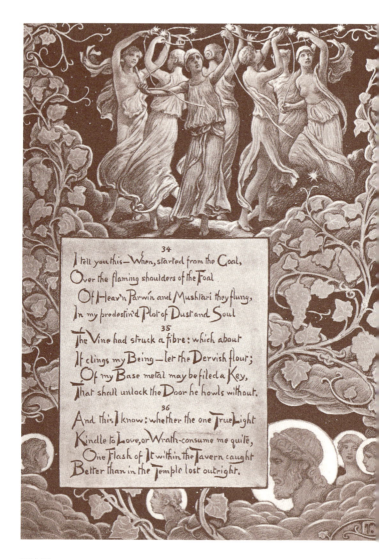

34

I tell you this—When, started from the Goal,
Over the flaming shoulders of the Foal
    Of Heav'n Parwín and Mushtarí they flung,
In my predestin'd Plot of Dust and Soul

35

The Vine had struck a fibre: which about
If clings my Being—let the Dervish flout;
    Of my Base metal may be filed a Key,
That shall unlock the Door he howls without.

36

And this I know: whether the one True Light
Kindle to Love, or Wrath-consume me quite,
    One Flash of It within the Tavern caught
Better than in the Temple lost outright.

34

我告诉你这个 —— 自终点出发的时刻，

他们从天驹火焰般的肩头抛过，

　　天上的昂星和木星，

在我尘骸和灵魂的定局中坠落。

※　我告诉你这个 —— 从终点出发，他们将天宫的昂星和
木星抛出，越过天驹烈焰般的肩头，落在我命定的尘
与魂中。

35

葡萄藤进出须根：

如果缠住我的存在 —— 让托钵僧笑嗔；

　　把我这低贱的材质锉成钥匙，

会打开那他叫嚣其外的大门。

※　葡萄藤长出了根须，如果它将我的存在缠绕 —— 就让
托钵僧嘲笑；用我卑贱的材质或许能锉出一把钥匙，
打开他在外咆哮的那扇门。

36

这个我知道：不管那一道真实的光，

点燃了爱，或是盛怒般将我毁亡，

　　能在酒店里瞥见它的一闪，

也好过彻底迷失在殿堂。

※　这我知道：无论这是点燃爱的真实的光，还是将我吞
噬的怒火，在旅店内看到它一闪而过也比在神庙里彻
底迷失要强。

37

Up from Earth's Centre through the Seventh Gate
I rose, and on the Throne of Saturn sate,
  And many a Knot unravel'd by the Road;
But not the Master-knot of Human Fate.

38

There was the Door to which I found no Key;
There was the Veil through which I could not see:
  Some little talk awhile of Me and Thee
There was—and then no more of Thee and Me.

39

Earth could not answer; nor the Seas that mourn
In flowing Purple, of their Lord forlorn;
  Nor rolling Heaven, with all his Signs reveal'd
And hidden by the sleeve of Night and Morn.

37

从地心直上将第七门穿过，

我飞升，坐上土星的宝座，

　　在路上许多结都已解开；

　　除了人类命运之结最大的那个。

※ 从地心直上穿过第七天门，我升到土星的宝座上稳坐，许多结都在一路上解开，但没能解开人类命运的主结。

38

这有门我打不开锁键；

这有帷幕我看不到后面：

　　这有很少的话语将我和你一带而过，

　　—— 之后你和我不再出现。

※ 有扇门我找不到它的钥匙，有块帷幕透过它我什么都看不见：有一些谈话片刻提到了我和你，之后 —— 再也没聊你和我。

39

地不能回答；海也不能，

哀哭着离弃他们的主，在涌动的紫波中；

　　旋转的天也不能，只用夜和晨之袖，

　　显露和隐藏着所有他的十二宫。

※ 大地无法回答；大海也无法回答，翻涌紫浪中哀悼他们孤苦的主；天也不，只把那些永恒的星象显露和隐藏在夜和昼的袖子里。

Then of the THEE IN ME who works behind

The Veil, I lifted up my hands to find

  A Lamp amid the Darkness; and I heard,

As from Without—"THE ME WITHIN THEE BLIND!"

Then to the Lip of this poor earthen Urn

I lean'd, the Secret of my Life to learn:

  And Lip to Lip it murmur'd—"While you live,

Drink!—for, once dead, you never shall return."

I think the Vessel, that with fugitive

Articulation answer'd, once did live,

  And drink; and Ah! the passive Lip I kiss'd,

How many Kisses might it take—and give!

40

我中之你在幕后照管，
我举起双手去寻找黑暗中的灯盏；
　　而我听到，好像从外部传来 ——
"你中之我是盲眼！"

※　为请教幕后运筹帷幄的我中之你，我举起双手去寻找
　　黑暗中的灯盏；我听见仿佛从外面传来——"你中之我
　　什么都看不见！"

41

我俯身对着这粗制陶罐的唇边，
探问我生命的幽玄：
　　唇对着唇它咕哝 ——"当你活着，
喝！—— 因为，一旦死去，你永不回还。"

※　然后，我俯身靠近这粗制土瓮边缘，去获知我人生的
　　秘密：瓮口对着我的唇，它喃喃低语——"你还活着时，
　　喝吧！因为一旦逝去，你将永远不再回来。"

42

那回答的语音难以捉摸，
我想这酒器也曾活，也曾喝；
　　哦，我吻着的漠然的唇，
曾有过多少吻它接受的 —— 和给与的！

※　我想这匆匆含糊作答的酒杯也曾活过，也曾作乐；啊！
　　我吻着的冰冷的唇，会有多少吻它接受了—— 并给予了！

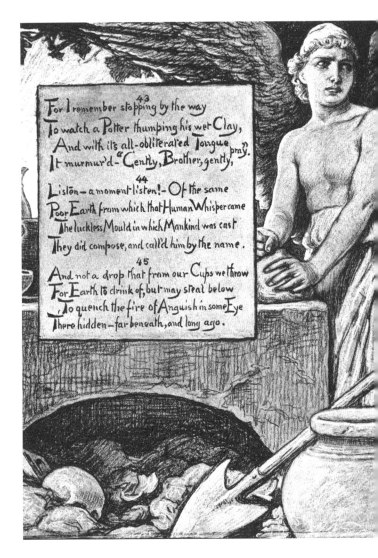

For I remember stopping by the way

43

To watch a Potter thumping his wet Clay,

And with its all-obliterated Tongue

It murmur'd "Gently, Brother, gently, pray."

44

Listen—a moment listen!—Of the same

Poor Earth from which that Human Whisper came

The luckless Mould in which Mankind was cast

They did compose, and call'd him by the name.

45

And not a drop that from our Cups we throw

For Earth to drink of, but may steal below

To quench the fire of Anguish in some Eye

There hidden—far beneath, and long ago.

43

我记得曾在路边停留，

看一个陶匠把陶泥使劲捣揉：

　　而它用着全然失传的语言咕哝 ——

"轻点儿，兄弟，轻点儿，求求。"

※ 因为我记得在路旁驻足看一个陶匠正在捣捏他的湿
泥：陶土用完全失传的语言咕哝道："轻点，兄弟，轻点，
求求你！"

44

听 —— 听一下吧 ——

人声来自这同样的可怜泥巴，

　　在那不幸的模具里造人，

他们做成了，就用这名字去叫他。

※ 听 —— 听上片刻！同样可怜的泥土，里面传出人们的
低语，他们用不幸的模具塑造人类，并用这个名字称
呼他。

45

我们从杯中酹向大地的每一滴酒，

不都往下悄悄渗走？

　　去熄灭那些眼中的焦愁之火，

在那里深埋，已然很久。

※ 我们从杯中浇向大地的酒，供大地啜饮的酒，每一滴都
悄悄渗进地底，去熄灭那久已深藏着的某只眼中的痛
苦之火。

46

As then the Tulip for her morning sup
Of Heav'nly Vintage from the soil looks up,
Do you devoutly do the like, till Heav'n
To Earth invert you like an empty Cup.

47

Perplext no more with Human or Divine,
To-morrow's tangle to the winds resign,
And lose your fingers in the tresses of
The Cypress-slender Minister of Wine.

48

And if the Wine you drink, the Lip you press,
End in what All begins and ends in—Yes;
Think then you are To-day what Yesterday
You were—To-morrow you shall not be less.

46

郁金香从尘间仰望，

期待一口上天的清晨新酿，

　　你不也得虔诚地这么做，

直到上天把你像只空杯翻在地上。

※ 郁金香从土壤中仰望，期盼清晨小啜一口上天的佳酿，
　你是否愿意虔诚地效仿，直到上天将你颠倒在地——
　如同一只倒扣的空杯。

47

别再为人天之际困扰，

让风带去明天的纠结烦恼，

　　长发间放纵你的手指，

那侍酒者丝柏般修长美好。

※ 不要再被人或神的问题困扰，明天的纷乱任由风
　去处置，将你的手指沉迷于身材纤细如翠柏的酒
　侍的长发间。

48

如果你喝的酒，你吻的唇，

终结跟所有的开始和终结相循 ——

　　是呀，想想你今日所是仍为昨日所是，

明天你不会少一分。

※ 如果你喝的酒、你吻的唇，终成所有的开端和终点——
　是的；想想那么今天的你便是昨天的你——明天的你
　也不会减少一分。

49

So when the Angel of the darker Drink
At last shall find you by the river-brink,
And, offering his Cup, invite your Soul
Forth to your Lips to quaff—you shall not shrink.

49

那位天使手持浓黑的酒醴，

最终在那河岸旁发现了你，

  这时邀请你的灵魂一口喝干，

你不要颤栗 —— 当他把杯子向你唇边捧起。

※ 所以当天使带着深色浓酒最终在河边找到你，并递上
他的酒杯送到你的唇边，邀你的灵魂畅饮 —— 你可别
退缩。

50

Why, if the Soul can fling the Dust aside,
And naked on the Air of Heaven ride,
   Wer't not a Shame—wer't not a Shame for him
In this clay carcase crippled to abide?

51

'Tis but a Tent—where takes his one-day's rest
A Sultan to the realm of Death addrest;
   The Sultan rises, and the dark Ferrásh
Strikes, and prepares it for another Guest.

50

什么，如果灵魂能把躯壳撇在一边，

天空上浮游无挂无牵，

　　不羞愧吗 —— 他不羞愧吗，

还耽搁在这泥土的残骸间？

※　*如果灵魂能将尘世躯壳抛却，赤条条在苍穹大气中漂*
　　游，这岂不羞愧——因守在这具残破的泥骸中，对他
　　而言这岂不羞愧？

51

这不过是他一日歇息的帐篷一个，

苏丹去往死亡之域时途中经过；

　　苏丹起身了，那黑暗的侍卫就把它拆除，

预备给下一位宾客。

※　*这不过是一顶帐篷，一位苏丹再次休憩一日，而后赴*
　　向死亡之域。苏丹起驾，阴沉的侍者就收起，准备为
　　下一位旅客搭建。

52

And fear not lest Existence closing your
Account, and mine, should know the like no more;
The Eternal Sáki from that Bowl has pour'd
Millions of Bubbles like us, and will pour.

53

When You and I behind the Veil are past,
Oh but the long long while the World shall last,
Which of our Coming and Departure heeds
As the Seven Seas should heed a pebble-cast.

54

A Moment's Halt—a momentary taste
Of Being from the Well amid the Waste—
And Lo!—the phantom Caravan has reach'd
The Nothing it set out from—Oh, make haste!

52

别害怕存在把你的,和我的账目封掉,
诸如此类便不再知道;
　　不死的酒侍从那碗里,
倒出了像我们一般的千万酒沫,还会倒。

※ 不要害怕存在会将你的账还有我的一笔勾销,类似的
事也不会知道;永恒的侍酒师已从那酒碗中倒像我
们这样的万千酒沫,还会接着倒。

53

当你和我在那幕后消失,
哦,很久很久,世界仍会维持,
　　对待我们的到来和离去,
就像那大海自己对待一块儿投石。

※ 当你和我在帷幕后消逝,哦,然而这世界还将存续很
久,很久,它看待我们的到来和离开如同大海本身看
待抛入的一颗石子。

54

片时的停留 —— 片时品尝存在,
从那荒漠中的泉流一脉 ——
　　看! —— 幻化的商队到达了虚无,
那是它出发之处 —— 哦,赶快!

※ 一刹那的停留——浅尝荒漠井中流出的存在之泉——
看!——幻影商队已经抵达虚无,那是它的始发之地
——噢,赶紧吧!

55

Would you that spangle of Existence spend
About The Secret — quick about it Friend!
A Hair perhaps divides the False and True —
And upon what, prithee, does Life depend?

56

A Hair perhaps divides the False and True;
Yes; and a single Alif were the clue —
Could you but find it — to the Treasure-house,
And peradventure to The Master too;

57

Whose secret Presence, through Creation's veins
Running Quicksilver-like eludes your pains;
Taking all shapes from Máh to Máhi; and
They change and perish all — but He remains;

58

A moment guess'd — then back behind the Fold
Immerst of Darkness round the Drama roll'd
Which for the Pastime of Eternity,
He does Himself contrive, enact, behold.

55

你如果为了那秘密，
想用尽生存的珠片 —— 朋友，快去！
　　一根头发就可能隔开谬误和真理 ——
在什么之上，请问，人生能有所据？

※ 倘若你为了探寻那个秘密耗费存在的珠片 —— 快去探
　寻，朋友！一根头发可能将谬误与真理分开 —— 那么
　请问，人生又能依靠什么？

56

　　一根头发就可能隔开谬误和真理；
是的；单一个阿里夫就是开启 ——
　　只要你找得到它 —— 去往宝库，
或许也去往主那里；

※ 一根发丝或许能将谬论与真理分开；是的；仅一个阿
　里夫便是线索 —— 只要能找到它 —— 通向宝藏的线
　索，也许还能通向真主那里。

57

隐秘的出场，水银般运行于造物之脉，
躲避于你的痛苦以外；
　　赋予从鱼到月所有的形状；
他们都在变化和毁坏 —— 惟他永在；

※ 他隐秘的存在，通过万物的血脉，水
　银般快流避开你的痛苦；从鱼到月，
　幻化各种形状；它们都在变化和消
　亡 —— 但唯有他一直还在。

58

霎时被猜出 —— 就退回幕布后面，
隐入围绕着那戏剧的黑暗；
　　那，是为了永恒之消遣，
他让他自己去编导，演出，观看。

※ 片刻被猜中 —— 随后回了幕后，隐没于演
　出周围的黑暗中。那场戏，为了消磨无穷
　的时光，他果真亲自编排、出演和观看。

59

You know, my Friends, with what a brave Carouse
I made a Second Marriage in my house;
  Divorced old barren Reason from my Bed,
  And took the Daughter of the Vine to Spouse.

59

你知道，我的朋友，怎样盛大的狂欢，
在我举行第二次婚礼的房间；
　　老迈不育的理性休离了我的床榻，
迎来葡萄的女儿缔结了良缘。

※　你们知道，我的朋友们，在我家，我结了第二次婚并
　　痛饮狂欢；将年老不孕的理性从我床上休弃，迎娶葡
　　萄酒的女儿为妻。

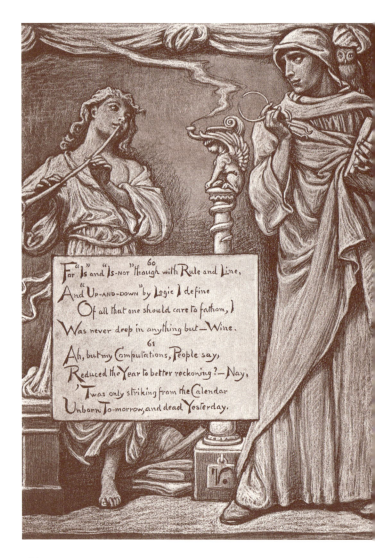

For "Is" and "Is-not" though with Rule and Line,
And "Up-and-down" by Logic I define
   Of all that one should care to fathom, I
Was never deep in anything but—Wine.

Ah, but my Computations, People say,
Reduced the Year to better reckoning?—Nay,
   'Twas only striking from the Calendar
Unborn To-morrow, and dead Yesterday.

60

为了是非而用直尺和墨线，

为了升沉通过逻辑定界限，

　　一个人想要探求的所有，

除了酒 —— 我从没在任何事上深陷。

※　对于是和非，我用直尺和墨线判断，关于升和降我靠
逻辑来界定，在人应探求的一切中，除了酒，我没有
在任何事上深究。

61

啊，人们说，或许我的算制，

简化了岁时更好测算？——不是，

　　那只是从历书中删了，

未生的明天，和已死的昨日。

※　啊，但是人们说，我的算法让年份更好推算？——不，
这只是从日历中划去未出世的明日和已逝的昨日。

And lately, by the Tavern Door agape,
Came shining through the Dusk an Angel Shape
    Bearing a Vessel on his Shoulder; and
He bid me taste of it; and 'twas—the Grape!

The Grape that can with Logic absolute
The Two-and-Seventy jarring Sects confute:
    The sovereign Alchemist that in a trice
Life's leaden metal into Gold transmute:

62

不久前，门户大开的酒店边上，

一个天使的身影从暮色中闪闪而降，

　　一个罐子扛在他的肩；

他请我尝尝它；那是 —— 葡萄佳酿！

※ *不久前，在旅店大开的门边，一个天使的身影闪耀着*
光芒从暮色中走来。一个坛子扛在他肩上；他喊我尝
尝它；那原来是 —— 葡萄酒！

63

葡萄酒能以逻辑的绝对真，

辩破七十二家教派的纷纭；

　　那至尊的炼金术士，

顷时把生命的铅块变成黄金：

※ *葡萄酒凭借绝对的逻辑能驳倒那七十二家争论不休的*
教派；至高无上的炼金术士顷刻间能将生活的金属铅
质变成黄金。

64

The mighty Mahmúd, Allah-breathing Lord,
That all the misbelieving and black Horde
Of Fears and Sorrows that infest the Soul
Scatters before him with his whirlwind Sword.

64

强大的马穆德，如真主降临，
让所有邪说和黑色的族群，
　　灵魂都被恐惧和悲伤扰乱，
在他和他的旋风之剑前溃奔。

※　强大的马穆德，无上的真主，所有灵魂被恐惧和悲伤
　　骚扰的邪教和黑暗族群，在他的旋风剑前纷纷逃窜。

Why be this Juice the growth of God, who dare
Blaspheme the twisted tendril as a Snare?

A Blessing, we should use it, should we not?
And if a Curse — why, then, Who set it there?

I must abjure the Balm of Life, I must,
Scared by some After-reckoning ta'en on trust,
Or lured with Hope of some Diviner Drink,
To fill the Cup — when crumbled into Dust!

65

什么，这酒浆若是上帝的产物，
谁敢咒骂这缠绕的卷须如网布？
　　是赐福，我们就该受用，不是吗？
若是诅咒 —— 为何，而且，是谁把它置于此处？

※ 　要是这酒浆乃上帝所造之物，谁又敢将盘绕的卷须渎
　　谤成罗网？是赐福，我们应享用它，不该吗？如果是灾
　　祸——为何会是，那么，是谁将其降在那里？

66

我必须弃绝这生命的陶醉，我必须，
畏于信了那些身后的清算考稽，
　　或惑于希冀那些神酒，
去注满那杯子 —— 等到碎作尘泥！

※ 　我必须坚决放弃这人生的慰藉，因害怕死后清算欠下
　　的债或因渴望某种神酒而受引诱，我必须盛满酒杯
　　—— 直到朽烂成土！

67

Oh threats of Hell and Hopes of Paradise!
One thing at least is certain—This Life flies;
  One thing is certain and the rest is Lies;
The Flower that once has blown for ever dies.

68

Strange, is it not? that of the myriads who
Before us pass'd the door of Darkness through
  Not one returns to tell us of the Road,
Which to discover we must travel too.

69

The Revelations of Devout and Learn'd
Who rose before us, and as Prophets burn'd,
  Are all but Stories, which, awoke from Sleep
They told their fellows, and to Sleep return'd.

67

哦地狱的威胁和天堂的希望!
一桩事至少确定 —— 这生命如飞一样;
　　一桩事确定而其余是谎言;
花儿一次开过永远凋丧。

※　噢，地狱的威胁和天堂的希望! 至少有一件事是肯定
　　的——此生飞逝; 有件事是确定的，其余皆是谎言;
　　曾经盛放的花儿永远凋逝。

68

奇怪，不是吗? 那些人有无数，
先于我们穿过黑暗的门户，
　　没有一个回来告诉我们，
要明白那也是我们终须走上的路。

※　很奇怪，不是吗? 无数人在我们之前闯过那扇黑暗之
　　门，竟无一人返回和我们说说那条路，那条为了探寻
　　我们也必须走的路。

69

那些虔诚和博学之士，
像被焚的先知，立在我们面前讲的启示，
　　不过是从睡梦醒来，又重入睡梦之际，
他们讲给自己同伴的故事。

※　先于我们的虔诚和博学之人，像被焚身的先知们一样，
　　他们的启示都不过是睡醒和重回睡梦之间讲给自己伙
　　伴们听的故事。

70

I sent my Soul through the Invisible,
Some letter of that After-life to spell:
  And by and by my Soul return'd to me,
  And answer'd "I Myself am Heav'n and Hell:"

71

Heav'n but the Vision of fulfill'd Desire,
And Hell the Shadow of a Soul on fire,
  Cast on the Darkness into which Ourselves,
  So late emerg'd from, shall so soon expire.

70

我让我的灵魂径入不可见之地，
去拼读生命之后的一些字句：
　　不久我的灵魂返回我这儿，
回答说，"我自己就是天堂和地狱："

※ 我派遣我的灵魂穿过不可见之地，去拼读来世的只言
　片语：过不久我的灵魂回到我身边，答道："我，我本
　人就是天堂和地狱！"

71

天堂只是满足欲望的幻象，
而地狱是火中灵魂的影像，
　　我们自己投入那黑暗，
才从中浮现，很快又沦丧。

※ 天堂不过是欲望实现了的幻像，地狱不过是火中灵魂
　的虚影，投射在我们自己也才脱身不久又将很快逝于
　其中的黑暗里。

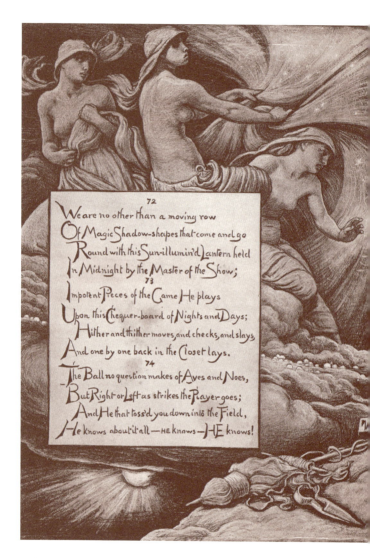

72

We are no other than a moving row
Of Magic Shadow-shapes that come and go
Round with this Sun-illumin'd Lantern held
In Midnight by the Master of the Show;

73

Impotent Pieces of the Game He plays
Upon this Chequer-board of Nights and Days;
Hither and thither moves, and checks, and slays,
And one by one back in the Closet lays.

74

The Ball no question makes of Ayes and Noes,
But Right or Left as strikes the Player goes;
And He that toss'd you down into the Field,
He knows about it all — HE knows — HE knows!

72

我们不过是一排移动的幻化影形，

来来去去旋转在魔灯，

　　那灯由太阳点亮，

半夜被表演的主人提在手中；

※　我们不过是一排移动的魔术幻影，绕着太阳点亮的灯
　　笼来来去去，午夜那灯笼被演出的主持者提着。

73

而那无助的棋子供他消磨，

棋盘上日夜交错成黑白的格；

　　到处走子，将子，吃子，

随后一个跟一个放回棋盒。

※　在这日夜相间的棋盘上，他拨弄着无能的棋子；到处
　　移动、叫将、吃子，一个接一个躺回棋盒里。

74

球没有问是和否的必要，

这儿或那儿由着打球人打到；

　　那他把你打落在地，

他知道关于它的一切——他知道——他知道！

※　球不会问是与非，只任凭打球之人走到哪儿打到哪儿；
　　他把你抛在地上，他知道关于它的一切 —— 他知道
　　—— 他知道！

75

The Moving Finger writes; and, having writ,
Moves on: nor all your Piety and Wit
    Shall lure it back to cancel half a line,
Nor all your Tears wash out a Word of it.

76

And that inverted Bowl they call the Sky,
Whereunder crawling coop'd we live and die,
    Lift not your hands to It for help—for It
As impotently rolls as you or I.

75

移动的手指在写；写毕，

继续移动；所有你的虔敬和智力，

　　不能引它返回删去半行，

所有你的泪水不能将一字洗去。

※ 移动的手指在写字：写罢，继续移动：你所有的虔诚
　 和智慧都没能引它回去删掉半行字，你所有的眼泪也
　 无法洗去其中一个字。

76

那倒扣的碗他们叫作天，

我们从生到死爬在下边，

　　不必举手向它求助 ——

因为它无助地运转如你我一般。

※ 那个倒扣的大碗他们称为天空，下面匍匐的我们生生
　 死死都关在其中，不要伸手向它求救 —— 因为它像你
　 我一样无力地滚动。

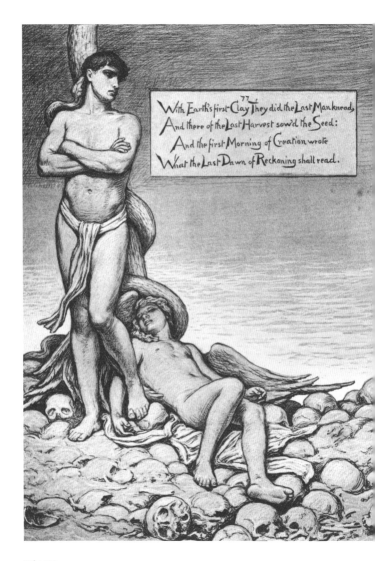

With Earth's first Clay They did the Last Man knead,
And there of the Last Harvest sow'd the Seed:
    And the first Morning of Creation wrote
What the Last Dawn of Reckoning shall read.

77

用第一块泥他们捏到最后一个人，
为了那里最后一次收获播种耕耘：
    在创造的第一个黎明写下的，
要宣读在清算的最后一个早晨。

※ 他们用大地的第一把泥土捏出最后一个人形，为最后
  的收成播下种子：创世的第一个清晨所写的要在清算
  时的最后一个黎明宣读。

What! out of senseless **78** Nothing to provoke
A conscious Something to resent the yoke
  Of unpermitted Pleasure, under pain
Of Everlasting Penalties, if broke!

78

什么！从没有感觉的虚无，
一个有知觉的东西会生出，
　会去怨恨禁绝快乐的羁轭，
如果打破，即遭永罚之苦毒！

※ 什么！从毫无知觉的虚无竟会激发出有情之物。它会
　怨恨禁锢快乐的枷锁，如果打破了，必在苦难中万劫
　不复！

79

What! from his helpless Creature be repaid
Pure Gold for what he lent us dross-allay'd—
Sue for a Debt we never did contract,
And cannot answer—Oh the sorry trade!

80

Oh Thou, who didst with pitfall and with gin
Beset the Road I was to wander in,
Thou wilt not with Predestin'd Evil round
Enmesh, and then impute my Fall to Sin!

79

什么！从他无助的生物，
要求纯金把他借给他的废料偿付 ——
　　责取的债务他从未签订，
哦悲哀的交易 —— 不能答复！

※　什么！他造的可怜人竟要用纯金偿还他借出的废
　　料——索要他从未签订的、也无力偿还的债务——
　　噢，可悲的交易！

80

哦你，把陷阱和网罗置放，
在我去游荡的路上，
　　你岂非用注定的恶到处羁绊，
再来咎责我堕入罪障！

※　哦你，你将网罗和陷阱置于我要游逛的路上，你该不
　　会先在周遭设好注定的恶，令我深陷，随即把堕落的
　　罪名归咎于我吧！

81

Oh, Thou, who Man of baser Earth didst make,
And ev'n with Paradise devise the Snake:
    For all the Sin wherewith the Face of Man
Is blacken'd—Man's Forgiveness give—and take!

81

哦你，用污泥把人来塑，
甚至把蛇安排在乐园深处：
　　那一切的罪用来把人脸抹黑 ——
　　给予人类宽恕——也得到宽恕！

※　噢，你，用卑贱的泥土造人，竟在天堂安排了一条蛇
　　用所有的罪恶抹黑人的脸庞——给人宽恕——也得到
　　了饶恕！

维德插图柔巴依集　　RUBÁIYÁT OF OMAR KHAYYÁM ※ DRAWINGS BY ELIHU VEDDER

82

As under cover of departing Day
Slunk hunger-stricken Ramazán away,
Once more within the Potter's house alone
I stood, surrounded by the Shapes of Clay.

83

Shapes of all Sorts and Sizes, great & small,
That stood along the floor and by the wall;
And some loquacious Vessels were; and some
Listen'd perhaps, but never talk'd at all.

82

像是被离去的白天所掩护，

为饥饿所苦的斋月找到了逃路，

    又一次独自站在陶匠的屋中，

被各种形状的陶坯围住。

※ *在渐逝的白昼掩护下，饥饿的斋月偷偷溜走，再一次*
我独自站在陶匠的屋里，四周围着各种土坯。

83

种种式样和尺寸，大小各异，

靠着墙，沿着地；

    有些器皿唠唠叨叨，

有些可能在听，却绝不吭气。

※ *种类各异、形状不同、大小不一的容器立在地上靠在*
墙边，有些容器是话痨，有些或许只是聆听，却从不
言语。

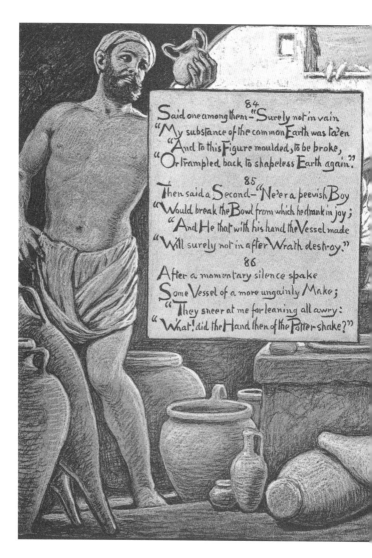

84
Said one among them—"Surely not in vain
"My substance of the common Earth was ta'en
   "And to this Figure moulded, to be broke,
   "Or trampled back to shapeless Earth again."

85
Then said a Second—"Ne'er a peevish Boy
"Would break the Bowl from which he drank in joy;
   "And He that with his hand the Vessel made
"Will surely not in after Wrath destroy."

86
After a momentary silence spake
Some Vessel of a more ungainly Make;
   "They sneer at me for leaning all awry:
"What! did the Hand then of the Potter shake?"

84

他们中的一个说 ——"实非徒然，
我那泥土的材质原本平凡，
　　挑出塑成这样子，再被毁掉，
或者又被踩回没有形状的泥团。"

※ 其中一个说道："当然不会白费。从普通的泥土中选出
　　我这种材质，塑成人形，再打碎或踩踏回原先不成形
　　的土块。"

85

接着说话的是第二个 ——
　　"没一个淘气孩子会把他欢饮的碗打破；
　　他肯定不会发怒后毁了这器皿，
那是他亲手制作。"

※ 这时第二个人说道："从来没有哪个乖庚的男孩会打碎
　　他欢饮的碗；亲手制作这器皿的他，日后在盛怒下也
　　绝不会将它毁坏。"

86

片刻沉静之后几个开了口，
那些陶器做得比较丑；
　　"他们笑我歪歪斜斜全倒着，
怎么！当时陶匠的手发了抖？"

※ 片刻沉默后，一个做得较丑的罐子说："他们嘲笑我
　　歪歪扭扭。什么！那时陶匠的手在抖？"

Whereat some one of the loquacious Lot—
I think a Súfi pipkin—waxing hot—
    "All this of Pot and Potter—Tell me then,
"Who makes—Who sells—Who buys—Who is
                                    the Pot?"

"Why," said another, "Some there are who tell
"Of one who threatens he will toss to Hell
    "The luckless Pots he marr'd in making—Pish!
"He's a Good Fellow, and 'twill all be well"

"Well," murmur'd one, "Let whoso make or buy,
"My Clay with long Oblivion is gone dry:
    "But fill me with the old familiar Juice,
"Methinks I might recover by and by."

87

这儿有个话多的家伙 ——
我想是个苏非派的小罐 —— 发了火 ——
　　"所有这些陶罐和陶工 ——
谁是陶工,谁是陶罐?请告诉我。"

※　听到这话,一个多嘴的东西 —— 我想是苏非派的小
　　罐 —— 气得发烫 ——"都是关于这个陶罐和陶工的事
　　儿 —— 总之,告诉我,谁是陶工,谁又是陶罐?"

88

"什么,"又有一个讲,"有些人说道,
这一位恐吓他要往地狱里丢掉,
　　那被他做坏了的不幸陶罐 —— 哼!
他是个好伙伴,不会去胡闹。"

※　"为什么,"又一个道,"有些人说,这位扬言要把他做
　　坏了的可怜罐子扔到地狱去 —— 呸! 他可真是个好家
　　伙,绝不会做错事。"

89

"好了,"一个嘟囔,"随便谁造谁购,
长久弃置我的土已经干透:
　　只要用过去熟悉的酒浆灌满我,
我想我能很快恢复如旧。"

※　"好了,"一个咕哝道,"管他谁做谁买,我的土早被人
　　遗忘,现已干枯:但是给我倒入从前熟悉的酒浆,我
　　想我会逐渐恢复过来。"

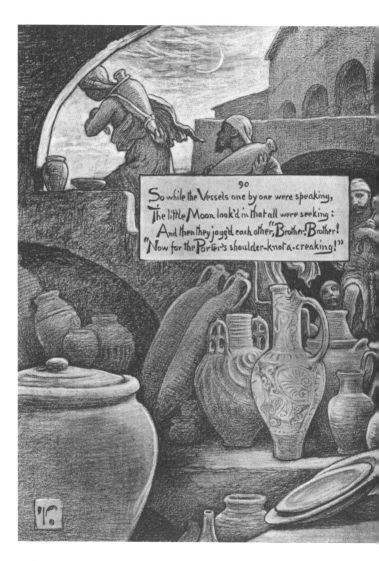

90

So while the Vessels one by one were speaking,
The little Moon look'd in that all were seeking:
    And then they jogg'd each other, "Brother! Brother!
"Now for the Porter's shoulder-knot a-creaking!"

就这样陶器们一个个谈说，
这时都在期待的那弯细月看见了：
　　他们相互轻轻碰撞，"兄弟！兄弟！
现在扛酒人的垫肩正吱吱响着！"

※　正当陶罐们一个个说话时，都在期盼的新月已经照了
　　进来：他们彼此推搡着，"兄弟！兄弟！现在去听那扛
　　酒人的肩垫吱吱作响！"

Ah, with the Grape my fading Life provide,
And wash the Body whence the Life has died,
  And lay me, shrouded in the living Leaf,
By some not unfrequented Garden-side.

92

That ev'n my buried Ashes such a snare
Of Vintage shall fling up into the Air
  As not a True-believer passing by
But shall be overtaken unaware.

91

啊，为我凋谢的生命准备葡萄酒浆，
清洗身躯等到了生命消亡，
　　安放我，裹上新鲜的叶子，
在某个并非人迹罕至的园子旁。

※ *啊，为我渐逝的生命备好葡萄酒，死后用酒将遗体清洗，用鲜叶裹好，将我埋葬，把我葬在并不荒僻的花园旁。*

92

纵使我埋骨成灰，
那酒气的诱惑也向上腾飞，
　　经过的真正信士，
哪儿会单一个迷不知归。

※ *即使我已入土成灰，也要将葡萄罗网抛向空中，每个虔诚信徒经过都不知不觉地被缠绕。*

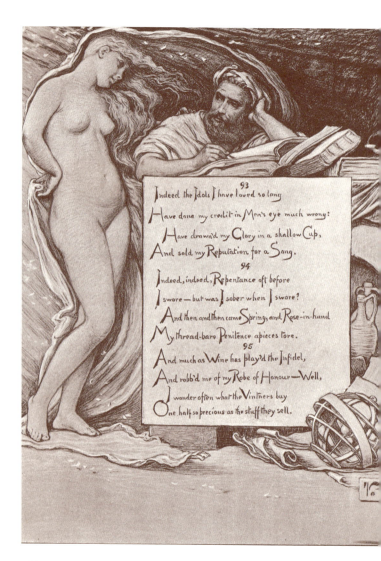

Indeed the Idols I have loved so long
Have done my credit in Men's eye much wrong:
    Have drown'd my Glory in a shallow Cup,
And sold my Reputation for a Song.

94

Indeed, indeed, Repentance oft before
I swore — but was I sober when I swore?
    And then and then came Spring, and Rose-in-hand
My thread-bare Penitence apieces tore.

95

And much as Wine has play'd the Infidel,
And robb'd me of my Robe of Honour — Well,
    I wonder often what the Vintners buy
One half so precious as the stuff they sell.

93

真的我热爱了这么久的偶像，
让我的名誉在此世尽丧：
　　浅浅的杯中淹没了我的荣光，
为一声歌卖掉了我的声望。

※　真的，我热爱那么久的偶像，让我在这世上的名誉扫
　　地：将我的荣耀淹没在浅杯中，并为了一首歌出卖我
　　的声望。

94

真的，真的，以前常常悔罪，
我发誓 —— 可我发誓时不曾喝醉？
　　然后春天来临，玫瑰在手，
我那褴褛的忏悔纷纷撕碎。

※　的确，的确，从前我常常发誓要忏悔 —— 可发誓时我
　　是清醒的吗？而后，而后春天来了，手持玫瑰，我陈
　　腐的悔意被撕得粉碎。

95

虽说酒扮演了没有信仰的角色，
还剥夺了我名誉的外衣——不错，
　　我却常常疑惑卖酒的所买，
能否将他所卖东西一半的珍贵抵过。

※　尽管酒扮演异教徒的角色，甚至剥去我荣誉的外衣
　　—— 好了，我总想知道酒商买进什么才能够抵上他卖
　　出东西的一半。

96

Yet Ah, that Spring should vanish with the Rose!
That Youth's sweet-scented manuscript should close!
The Nightingale that in the branches sang,
Ah whence, and whither flown again, who knows!

96

啊，春天带着玫瑰去无踪迹！
韶年的芳馨手稿也将掩闭！
　　那在枝头欢唱的夜莺，
谁知道，哪里飞来，何处飞去！

※　*然而啊，春天和玫瑰花一同消失！青春的甜香手稿也*
　　需收起！在树枝上歌唱的夜莺，谁知道，从何处来，
　　又要飞向何方！

97

Would but the Desert of the Fountain yield
One glimpse — if dimly, yet indeed, reveal'd,
To which the fainting Traveller might spri
As springs the trampled herbage of the fiel

98

Would but some wingèd Angel ere too la
Arrest the yet unfolded Roll of Fate,
And make the stern Recorder otherwis
Enregister, or quite obliterate!

99

Ah Love! could you and I with Him conspi
To grasp this sorry Scheme of Things entire
Would not we shatter it to bits — and then
Re-mould it nearer to the Heart's Desire!

97

沙漠里能够把泉水瞥见 ——
纵是微茫，只要是真的，出现，
　　虚弱的行人也会跃起，
如同被踩踏的牧草跃起地面！

※ 能瞥见一眼沙漠中的泉水 —— 哪怕模糊不清，只要是
真的显现，虚弱的行人会跳向它，像是被踩踏的牧草
重新立起。

98

但愿那些有翼的天使不要太迟到来，
赶上命运的书卷仍然展开，
　　让那严苛的记录人另外注记，
或者删得只剩空白！

※ 希望带翼的天使来得不要太晚，让还没合上的命运之
卷停止，叫那严厉的记事人重新记录或完全抹掉！

99

啊我爱！要是你我能跟他协力，
去掌握万物所有的可悲设计，
　　我们会不会把它砸碎 ——
再重新塑造它好更接近心中所欲！

※ 爱啊！你我同他合力去掌握万物可悲的设计，我们不正
是要将它砸个粉碎 —— 然后重新把它塑造得更接近内
心的愿望！

100

Yon rising Moon that looks for us again—
How oft hereafter will she wax and wane;
  How oft hereafter rising look for us
Through this same Garden—and for one in vain!

101

And when like her, oh Sáki, you shall pass
Among the Guests Star-scatter'd on the Grass,
  And in your blissful errand reach the spot
Where I made One—turn down an empty Glass!

TAMÁM

100

又来寻找我们的月亮在那边上升 ——
此后她还会多少次亏盈；

　　还会多少次上升寻找我们，
穿遍这同样的园子，—— 一人难再逢！

※ *那升起的月亮又在寻找我们 —— 此后她还会有多少次阴晴圆缺；此后她还会升起多少次来寻找我们，寻遍同一个花园 —— 可再无一人能找到！*

101

当像她那样，啊侍酒人，你穿过，
草地上如星散布的宾客，

　　在你的欢乐差使中到了那儿，
是我一席之地 —— 倾下空杯一个！

※ *啊，倒酒人，若像她一样，穿行在草地上如星散落的宾客间，愉快地斟到一个地方，那儿我曾到过——请将空杯倒置！*

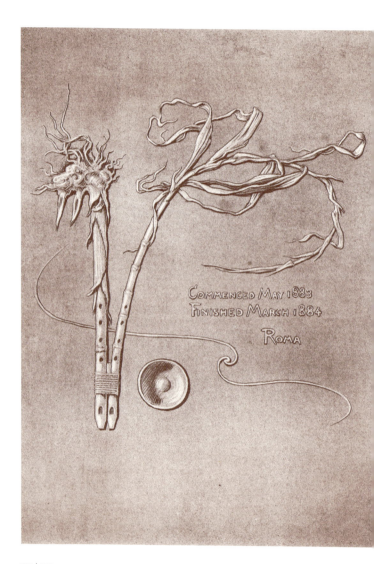

COMMENCED MAY 1883
FINISHED MARCH 1884

ROMA

1883 年 5 月开始
1884 年 3 月完成
罗 马

NOTES

The quatrains, as given in this volume, differ in order from that adopted by Fitzgerald. They are grouped according to Vedder's conception of the poem. The following notes are designed merely to point out a few of the more recondite touches in the designs.

Cover. The swirl which appears here, and is an ever-recurring feature in the work, represents the gradual concentration of the elements which combine in life: the sudden pause, through the reverse of the movement, which marks the instant of life; then the gradual, ever-widening dispersion again into the primitive elements.

Lining paper. The serpent, the vine in fruit, and the clinging plant in flower.

Frontispiece. Omar, surrounded by his jovial companions, looks down on the ambitious warrior, the miser, the student, the theologian, and delivers his thought.

18. The sculpture shows the former triumph of the hunter king.

22–24. The figure represents Being descending to a still profounder rest than that of sleep, as shown by the poppies which fall from her hand. She is throwing aside the garment of life. One lamp only remains, with expiring light; the rest are without flame, wick, or oil.

25–28. The saints and sages of old are like dried forms, caught in the spiders' webs and dust of time. Their vain theories and prophecies are shown in the circle of books, each overthrowing the last, with the certainty of death atop of all.

32–33. The vain pursuit, as in the case of the alchemist who endeavors to extract the secret of life from the living plant, heedless the while of his own life, which is passing away like the smoke from his furnace.

37–39. Omar's horoscope, presented symbolically. The vine permeates the two influences of Jupiter and the

图　释

本书的四行诗在顺序上与菲茨杰拉德所采用的略有不同。它们按照维德对诗歌的理解来编排。以下注释仅指出设计中一些较为晦涩难懂之处。

封　面 / 此处的漩涡，是作品中反复出现的特征，它代表着构成生命的各种元素逐渐汇聚；运行逆转中的突然停顿，标志着生命的转瞬即逝；接着各种元素又是逐渐向外扩散，重新化为原始元素。

衬　纸 / 蛇、挂着果实的葡萄藤和缀着花朵的缠枝。

卷首画 / 欧玛尔热衷结交天性快活的友人。他鄙视野心勃勃的战士、守财奴、学生、神学家，并提出忠告。

书名页 / 出版商标识 / 题词

欧玛尔寓意画 / 鸟儿在骷髅上歌唱，昨日玫瑰随波漂逝。

雕塑展现了狩猎之王昔日的辉煌战绩。

这幅图描绘的是人正陷入一种比睡眠更为深沉的安息之中，正如罂粟花从她手中掉落。她将生命的外衣弃置一旁，仅剩一盏灯，灯火摇曳将熄，其余的灯都没了火焰、灯芯，也没有灯油。

古代的圣贤和哲人像被蛛网缠绕、被时间尘封的干尸。他们无谓的学说和预言如书籍的循环，后人推翻前人，而死亡无疑凌驾于一切之上。

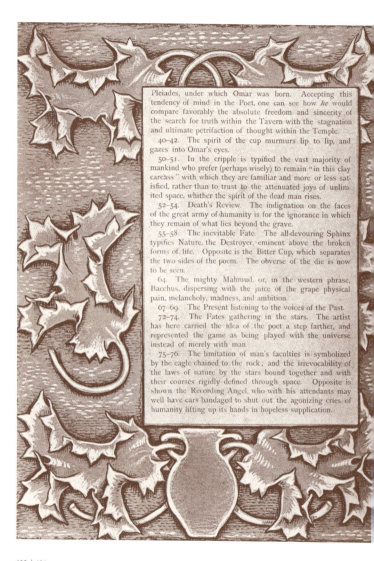

Pleiades, under which Omar was born. Accepting this tendency of mind in the Poet, one can see how *he* would compare favorably the absolute freedom and sincerity of the search for truth within the Tavern with the stagnation and ultimate petrifaction of thought within the Temple.

40–42. The spirit of the cup murmurs lip to lip, and gazes into Omar's eyes.

50–51. In the cripple is typified the vast majority of mankind who prefer (perhaps wisely) to remain "in this clay carcass" with which they are familiar and more or less satisfied, rather than to trust to the attenuated joys of unlimited space, whither the spirit of the dead man rises.

52–54. Death's Review. The indignation on the faces of the great army of humanity is for the ignorance in which they remain of what lies beyond the grave.

55–58. The inevitable Fate. The all-devouring Sphinx typifies Nature, the Destroyer, eminent above the broken forms of life. Opposite is the Bitter Cup, which separates the two sides of the poem. The obverse of the die is now to be seen.

64. The mighty Mahmud, or, in the western phrase, Bacchus, dispersing with the juice of the grape physical pain, melancholy, madness, and ambition.

67–69. The Present listening to the voices of the Past.

72–74. The Fates gathering in the stars. The artist has here carried the idea of the poet a step farther, and represented the game as being played with the universe instead of merely with man.

75–76. The limitation of man's faculties is symbolized by the eagle chained to the rock; and the irrevocability of the laws of nature by the stars bound together and with their courses rigidly defined through space. Opposite is shown the Recording Angel, who with his attendants may well have ears bandaged to shut out the agonizing cries of humanity lifting up its hands in hopeless supplication.

的自由和真诚地追求真理，也不愿在神庙中忍受思想的停滞和完全的僵化。

第 40-42 首　酒杯的灵魂

酒杯中的精灵在唇对唇地低语，凝视着欧玛尔的双眼。

第 43-45 首　天神一般的陶匠

欧玛尔在想象中看到陶匠用曾经活着的黏土塑杯。这位艺术家将陶匠想象成一位天神般的匠人，他将黏土重塑成某种器皿，其中的佳酿远胜于诗人所饮杯中的酒。

第 46-48 首　爱之杯

第 49　　首　死亡之杯
第 50、51 首　自我毁灭

留在残骸里的代表了绝大多数人，因为熟悉或多少是满意的，他们宁愿（或许是明智地）呆在"残破的泥骸"里，不愿相信那逝者的灵魂升往无垠空间中缥缈的快乐。

第 52-54 首　死神的检阅

死神的检阅。芸芸众生脸上的愤怒，源于他们对死后世界的一无所知。

第 55-58 首　宿　命

宿命。吞噬一切的斯芬克斯象征着自然，这位毁灭者高高凌驾于万物遗骸之上。下页是苦杯，它将诗歌的两个部分分隔开来。现在，骰子的另一面即将显现。

苦　杯 / 停顿用以标记诗歌基调的变化。

第 59　　首　葡萄的女儿
第 60、61 首　离弃理性

这里的两页都包括在作品中。

第 62、63 首　争论不休的教派

上一首展现的是天赐的美酒（照字面或一般的理解），下一首写各教派在字句的争论不休中忽视了精神。

第 64　首　　伟大的马穆德

伟大的马穆德，或者用西方的说法，酒神巴克斯，用葡萄琼浆驱散肉体痛苦、忧郁、癫狂和野心。

第 65、66 首　　葡萄酒
第 67-69 首　　现世倾听往世的声音

第 70、71 首　　灵魂的回答
第 72、74 首　　命运女神收聚群星

命运女神收聚群星。艺术家在此将诗人的想法推进一步，指出这场游戏并非仅由人类参与，而是在整个宇宙中进行。

第 75、76 首　　局　　限

以被拴于岩石的鹰象征人能力的局限；以群星会聚和天际中斗转星移固定的轨迹象征自然法则的亘古不变。下页是记事天使，他和仆人们很可能用布条蒙住耳朵，隔绝人类在无望祈求中高举双手发出的痛苦呼喊。

对　　页 / 记事的天使

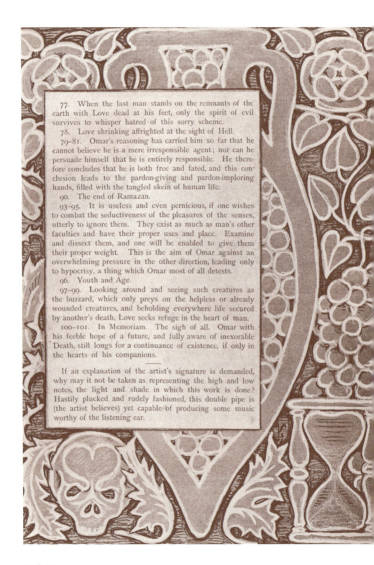

77. When the last man stands on the remnants of the earth with Love dead at his feet, only the spirit of evil survives to whisper hatred of this sorry scheme.

78. Love shrinking affrighted at the sight of Hell.

79–81. Omar's reasoning has carried him so far that he cannot believe he is a mere irresponsible agent; nor can he persuade himself that he is entirely responsible. He therefore concludes that he is both free and fated, and this conclusion leads to the pardon-giving and pardon-imploring hands, filled with the tangled skein of human life.

90. The end of Ramazan.

93–95. It is useless and even pernicious, if one wishes to combat the seductiveness of the pleasures of the senses, utterly to ignore them. They exist as much as man's other faculties and have their proper uses and place. Examine and dissect them, and one will be enabled to give them their proper weight. This is the aim of Omar against an overwhelming pressure in the other direction, leading only to hypocrisy, a thing which Omar most of all detests.

96. Youth and Age.

97–99. Looking around and seeing such creatures as the buzzard, which only preys on the helpless or already wounded creatures, and beholding everywhere life secured by another's death, Love seeks refuge in the heart of man.

100–101. In Memoriam. The sigh of all. Omar with his feeble hope of a future, and fully aware of inexorable Death, still longs for a continuance of existence, if only in the hearts of his companions.

—

If an explanation of the artist's signature is demanded, why may it not be taken as representing the high and low notes, the light and shade in which this work is done? Hastily plucked and rudely fashioned, this double pipe is (the artist believes) yet capable of producing some music worthy of the listening ear.

艺术家签识 / 如需对艺术家的签名做解释，为何不能在高低音符中代表这作品的明暗？虽说弹拨仓促、制作粗糙，这双管（艺术家相信）还能弹奏出悦耳的音乐。

附 录

逐录自爱德华·菲茨杰拉德的
　欧玛尔·海亚姆柔巴依集译本
所有之序言和注释

欧玛尔·海亚姆：
波斯的天文学家诗人

欧玛尔·海亚姆在我们的十一世纪后半叶生于呼罗珊的内沙普尔，死在我们的十二世纪的第一个二十五年。他一生很少的故事却跟他们那个时代和国家两个非常重要的人物奇妙地联系在一起——他们三个中的一个讲述了那个故事。这就是尼查木·乌尔·莫尔克。莫尔克先后作了鞑靼人脱斡邻勒·伯克的儿子阿尔普·阿尔斯兰、孙子马立克·沙的"维齐尔"。脱斡邻勒·伯克从马赫穆德大帝无能的继承人手里夺得了波斯，建立塞尔柱王朝。这个尼查木·乌尔·莫尔克，写了一本《遗书》留给将来的政治家作借鉴，在书里有如下的说法。这里根据《加尔各答评论》第 59 号转引米尔克洪的《阿萨辛史》。

呼罗珊的智慧之人中最伟大的一个就是内沙普尔的"伊玛目"穆瓦法克，是个备受尊崇的人，—愿神赐福他的灵魂，他辉煌的岁月超过八十五年。人们普遍相信，在他跟前诵读《可兰经》和学习传统的孩子，一定会得到荣耀和快乐。因为这个原因，我父亲把我从突斯送到了内沙普尔，和法学博士阿布德·乌斯·沙玛德一起，好让我在这位杰出老师的指导下全心学习。他对我多予垂青和慈爱，作为学生我对他无限尊敬和热爱，就这样在他那里我服侍了四年。我刚到那儿时，就发现另外两个新到的同龄学生，哈基姆·欧玛尔·海亚姆，和背运的本·萨巴赫。两个人都赋有才智之聪敏和绝佳的天赋，于是我们三个结成了亲密的友谊。每当伊玛目离开讲席，他们常常和我一起，彼此共同复习学过的课程。欧玛尔是内沙普尔当地人，哈桑·本·萨巴赫的父亲是个阿里，一个过着自我克制的生活且现实的人，但他的信仰和教条近于异端。一天哈桑对我和海亚姆说："大家普遍相信伊玛目穆瓦法克的学生将会获得幸运。就算我们不会都获得，无疑其中的一个也会，那我们相互之间该有什么誓约？"我们回答："照你喜欢的。""好，"他说："让我们起誓，不论这幸运降临到谁，他都要跟其他人分享，没有任何特别的留给自己。""就这样。"我俩一起回答，于是照那个约定我们互相起誓。岁月如驰，我从呼罗珊去了中亚河中地区，又游历了伽兹尼和喀布尔。我返回时，被委以官职，后来在阿尔普·阿尔斯兰苏丹治下升任首相。

他继续叙述，又过了几年，他的老同学都找到了他，根据求学时代的誓言，来要求共享他的好运。维齐尔为人爽朗慷慨，遵守了誓言。哈桑要求一个官位，苏丹因维齐尔的请求而同意了。但他不满足于渐次升迁，误入迷途，参与了一个东方宫廷的阴谋，他卑鄙地试图取代他的恩人，没有成功，因此失宠而遭放逐。在经过许多不幸和流离之后，哈桑成为亦思马因教波斯教派的领袖。这是一群狂热分子，经历长期的暗中酝酿，在哈桑强大而邪恶的意志引导下终于达致邪恶的巅峰。公元 1090 年，他占据鲁德巴省的阿剌模忒堡，地处里海南面的山区。正是由于这个山中据点，他在十字军中获得了邪恶的名号"山中老人"，并把恐怖遍布伊斯兰世界。现代欧洲语言中的暗杀一词，就是他们遗留下的黑色记忆。其字源仍有争论，有的说来自 hashish，即从大麻叶中提炼的麻醉剂，（印度文 bhang），用这个东西他们使自己痴狂，达到东方人绝望时抑郁的极点。有的说来自集团创始者的名字，我们在他平静的内沙普尔求学时代看到过这个名字。暗杀之刃的无数牺牲者之一，就是尼查木·乌尔·莫尔克他自己，幼学时的故友。[1]

欧玛尔·海亚姆也来见维齐尔要求他的一份，但并不要求名位和官职。"你能给我的最大赐予，"他说，"就是让我生活在你好运庇护的一隅，广播科学之益，同时为你长寿大吉而祈祷。"维齐尔告诉我们，当他发现欧玛尔的拒绝确实是真诚的，就不再强劝，而从内沙普尔的金库中每年支给他 1200 金币作为年金。

"在内沙普尔欧玛尔·海亚姆这样生活直至去世，"维齐尔又说，"他忙于获取各样的知识，尤其是天文学，在这一领域他已登峰造极。当马立克·沙苏丹治下，他来到谋夫，因为学问的精深获致盛誉，苏丹对他颇示恩宠。"

那时马立克·沙决定修历，欧玛尔是从事于此的八位

[1]

欧玛尔《柔巴依集》的一些篇章警告我们盛时的危险，好运的无常，同时倡言对所有人友善，劝告我们不要跟任何人过于密切。阿塔尔让尼查木·乌尔·莫尔克死使用了他朋友欧玛尔的话（《柔巴依集》第二十八首），"尼查木·乌尔·莫尔克临死时呻吟说：'哦，主啊，我正从风的手里消逝。'"

学者之一。其成果就是哲拉里历，（这个称呼来自国王的一个名字哲拉鲁丁）。"在时间的推算上，"吉本说，"超过了凯撒历，接近格里高利历的精准。"他也是一些被命名为马立克·沙希星算表的天文图表的作者，法国人近来曾有重版，并且翻译了他的一篇阿拉伯文的代数论。他写诗的用名海亚姆，意思是制帐篷者，据说他一度干过这一行，大概是在尼查木·乌尔·莫尔克的慷慨使他生活自主之前。很多波斯诗人都同样地因他们的职业得名，像我们知道的阿塔，是个药剂师；阿萨，是个榨油匠，等等。[2] 欧玛尔自己在下面怪诞的诗行里暗指其名：

[2]

不过这些就像我们的史密斯（铁匠）、阿切尔（射手）、米勒（磨工）、弗莱微（箭工）等，只是简单地从世代传袭的称呼取得姓氏。

> 海亚姆，他缝制了科学的帐篷，
> 很快被焚烧在忧患的炉火中；
> 　命运之剪剪断他人生的帐绳，
> 希望的商贩出卖他换得虚空！

我们还有一件他的生平轶事要讲，关系到他的临终。这出自一篇佚名的序言，在某个时期被放在他的诗集前。其波斯原文印在海德《波斯古教》的附录，见第499页。戴波卢的《文库》，在海姆词条下也曾提及。[3]

[3]

"一世纪末二世纪初，这位伊斯兰教哲人有圣香的体验。"除了同为哲学家，没有其他任何一点，可以归于我们的海亚姆。

它被记录在古代的编年史里，这位智慧的王者，欧玛尔·海亚姆，在海吉拉历517年（公元1123年）卒于内沙普尔。在科学成就上他无与伦比，是他那个时代的典范。撒马尔罕的尼札米和卓，是他的一个学生，讲述了下面这个故事："我经常跟我的老师，欧玛尔·海亚姆，在花园里谈话。一天他对我说：'我的坟墓要置于北风吹落玫瑰于其上的地方。'我很惊诧他说出这样的话，但我知道他从不说空话。[4] 很多年过去，我有机会重访内沙普尔，我去了他最后的安息之地。看啊！它正好在一个花园外边，树上缀满果实，枝条伸过花园的围墙，把花朵撒在他的墓上，直到墓石被完全掩埋其下。"

我已不惮侵权从《加尔各答评论》大量征引。它的作者，用印度文读出欧玛尔坟墓的故事，他说，让我想起西塞罗的记述，在叙拉古寻找到被杂草所掩埋的阿基米德坟墓。我想到多瓦尔德森希望种出的玫瑰可以掩盖他，我相信，直到今天他的愿望都得到了虔诚的满足。好了，回到欧玛尔吧。

虽然苏丹"对他颇示恩宠"，但欧玛尔坦率的享乐主义思想和言论使他在自己的时代和国度引人侧目。相传苏菲派尤其痛恨和惧怕他，他们的行事被他嘲笑，他们的信仰也根本不比他自己的多一点儿，如果除去神秘主义和伊斯兰教义的形式认可，而欧玛尔是不愿用这些来掩饰的。他们的诗人，包括哈菲兹，他是菲尔多西之外波斯最重要的诗人，确实都取资于奥玛尔，但转而用作神秘的用途以便于他们自己和他们对之诵读的民族。这个民族怀疑和信仰都很容易，身体和理智都很敏锐，喜欢两者暧昧的结合，在其间他们可以纵情浮游于天国尘世和今生来世之间，凭着诗句的翅膀，不在乎地投身于任何一方。欧玛尔的心灵

根据戴波卢，这段话的轻率在于跟《可兰经》中的话抵牾。——欧玛尔这个故事，很自然地让我想起另外一个故事，——特别是当一个人想起那位高贵的水手在设定自己卑微的目标时是多么茫然无绪，——库克船长，而不是霍克沃斯博士，在他的《第二次航行》（第一卷第374页）一书里这样哀伤地写道。当离开乌列特亚时，奥瑞奥的最后一个请求是要我返回。当他发现他不能得到我的许诺时，就问我将来的安葬地的名称。虽说这个问题很奇怪，我还是毫不犹豫地告诉他："斯特普尼。"这是我在伦敦时居住的教区。他们要求我重复念了好几遍，直到他们可以发音读出来。这时"斯特普尼的安葬地里没有图特"的声音立刻回响在上百人的口中。我后来发现一个海岸上的人也对福斯特先生问了同样的问题，但是他给出了一个不同却更恰当的回答，是这样说："一个经常在海上的人是不能说出他会葬在哪里的。"

和头脑对此过于诚实。他（不管有多错误地）找不到任何神意除了命运，找不到任何世界除了此世，他就尽量抓住它，他宁肯通过感官来顺从他所见到的事物好让心灵平静，也不肯困惑于它们此后将会如何以致徒然扰乱。我们也看到，他世间的追求并不过度，他很像是在使人欣喜的感官满足中得到一种幽默的、乖张的乐趣，将之置于理智之上。其实在理智中他得到了极大的愉悦，尽管理智不能回答他的问题，和所有人一样，那些问题是最受关切的。然而，不管什么原因，如之前所说，欧玛尔从未在他自己的国家广受欢迎，因此也很少传至国外。他的诗集稿本《东方散佚抄本集》未收，在东方已很少见，就根本传不到西方了，虽说在武器和科学方面东西方交流是很充分的。其复制本印度学堂没有，巴黎国家图书馆也没有。我们知道只有一本在英国，就是牛津包德勒图书馆编号乌斯利第 140 号的写本，公元 1460 年写于设拉子。这里包括 158 首柔巴依。有一本在加尔各答亚洲协会图书馆，我们得到一个副本，包括仍不完备的 516 首，还被各样的重出和劣品种充斥。冯·海默尔说他的副本包括 200 首，施普伦格博士著录的鲁克诺稿本两倍于此。[5] 看来，牛津和加尔各答写本的抄写者，在从事这项工作时，也是很有点不情愿的。每一个都以一首四行诗（不论真伪）开始，从其字母次序的排列中抽出，牛津写本是一首忏悔诗，加尔各答写本是一首告诫诗。后者根据缀于稿本的说明被推测起因于一个梦，梦中欧玛尔的母亲询问他未来的命运。可以这样来译述：

[5]

评论者在注释里补充说："写完这篇文章后，我们又碰上一个极其罕见版本的副本，1836 年在加尔各答印行。这里包括 438 首四行诗，附录中还包括另外不见于其他稿本的 54 首。"

哦你为那些在地狱被焚者心如焚，

你自己也得轮到在那火里焚身；

　　你呼喊多久："怜悯他们吧，上帝！"

啊，去教的你，来学的他都是何人？

包德勒写本的四行诗主张泛神论，以此表明正当：

　　如果我自己用松散的信念，

　　松散地把善行的珠宝来串，

　　　　就让这一件事为我的赎罪辩护：

　　我从未把一当二讲乱。

评论者 [6]——欧玛尔生平的细节我都得益于他，在他评述的收束处比较了欧玛尔和卢克莱修，二人的自然性情和天赋很相像，所遭遇的生存环境也很相像。都是敏锐、坚强的人，有经受训练的智力和良好的想象力，心灵渴求真理和正义。他们正当地反抗国家的虚伪宗教，和委身于此的虚伪或愚昧。不过，他们不能像别人一样用更好的希望取代他们所推翻的，也没有更好的启示来引导他们，可也还是为自己订立了律法。卢克莱修确是靠着伊壁鸠鲁提供的那些材料，满足于自己认为的宇宙是偶然形成的巨大机械这一理论，它的运动虽循法则却找不出立法者。他把自己塑造成斯多葛式的，而非伊壁鸠鲁式的严肃态度。他坐下来凝视着宇宙的机械戏剧，在其中他也扮演了一个角色，他自己和围绕他的一切，（就像他自己对罗马

[6]

考威尔教授。

剧场的壮观描写）都在悬挂于观众和太阳之间的幕布的可怕反射下褪尽颜色。对于任何这样的复杂体系，其结果只是没有希望的必然性，欧玛尔显得更悲观，或是更漫不在意。他把自己的天才和学问，伴以苦涩、幽默的玩笑，倾注在普遍的毁灭上，这毁灭在他们不完全的一瞥中仅仅有所显露而已。于是假装把人欲之乐当成人生的严肃目的，只是用神，命运，物质和精神，善和恶等等这些理论问题让自己得到消遣，而这些问题开始要比继续下去容易，对它们的探索最终成为令人倦怠的游戏。

来看看现在的译本。开始的柔巴依（由于缺少一个阿拉伯语的喉音，这些四行诗的名称听起来更具音乐性。）是单独的诗节，每节由四行诗句组成，其韵律大致相同也偶有变化，有时全部押韵，但经常是（像现在所模拟的）第三句不押韵。有些类似古希腊的阿尔凯奥斯诗体，倒数第二行像是被提起来，暂停一下再如波浪般落在最后一行。就像一般常见的这类东方诗集一样，柔巴依集按照入韵字母的词序编排，这就看到死亡和欢乐被奇怪地接在一起了。那些被选出的诗歌恰好成为一组田园诗，这里东方诗歌中过于经常出现的"饮酒和作乐"的内容（真实或不真实）在比例上可能更少一些。不管如何，这结果是足够伤感的，最伤感的可能是最夸耀欢乐的时候，反使老帐篷匠容易哀伤，过于愤怒。他徒然想让自己的脚步摆脱命运，能赶上真正瞥见明天，可还是跌回了今天，（它延迟了那么多明天！）那是他唯一可以立足的地方，尽管也很快会从他脚下溜走。

当欧玛尔这个译本的第二版正在准备时，法国驻雷什特总领事尼古拉斯先生也出版了一个非常仔细和完美的原文文本的版本，底本是德黑兰的一个石印本，收有 464 首柔巴依，还附有他的翻译和注释。

尼古拉斯先生，他的版本在一些地方提示了我，在另一些地方指导了我，并不认为欧玛尔是个物质的伊壁鸠鲁主义者，我倒是直截地这么认为的。他认为欧玛尔是一个神秘主义者，在酒、担酒者等形象下隐喻着神，如同我们猜想哈菲兹所做的，简单说，是一个像哈菲兹和其他诗人一样的苏菲诗人。

我没能看到我改变观点的理由，它在十几年前就形成了，当时有个人第一次把欧玛尔的作品拿给我看。我对东方的所有了解，以及大量其他的知识，包括文学，都受惠于这个人。他对欧玛尔那么赞赏，如果他能认可，一定会愉快地征引像尼古拉斯先生那样关于他的意义的阐释。[7] 然而他不能，我已大量引用的他发表在《加尔各答评论》上的文章能够表明，在那里他的论述或者根据诗本身，或者根据诗人生平的遗留记录。

如果需要进一步反驳尼古拉斯先生的理论，这有一条他自己写出的传记性附言，（见他的序言第 13、14 页。）和他在注释里给出的诗的解释直接相反。我真的几乎不知道可怜的欧玛尔被引到这么远，直到替他辩解的

[7]

大概多年前他自己也编辑了这部诗集。他现在可能很少会赞同我这一边的译文，对尼古拉斯先生那一边的理论也是一样。

人告诉我。在这里我们看到，不管哈菲兹喝的和歌唱的酒究竟是何物，唯有跟欧玛尔经常在一起的才是真正出自葡萄汁的酒。不仅在和朋友畅饮时，甚至（如尼古拉斯先生所说）为了刺激他自己进入狂热的程度时，这在别人是通过哭喊叫骂达到的。然而，不管何时只要文本中出现酒、担酒者等等，这又是很经常的，尼古拉斯先生都小心地注解为"神""神圣的"等等。如此小心的行为，会引起人猜想他是被一个一起读诗的苏非时时在灌输。（《柔巴依集》第二首的注释，见第 8 页。）一个波斯人自然会希望维护一个杰出的本国人的声望，而一个苏非也自然会把他纳入他自己的教派，在他的教派中，波斯所有重要诗人都被纳入了。

尼古拉斯先生表示，欧玛尔"酷嗜苏非派的学说"（序言第八页）而沉溺其中，这一点有什么历史性的权威根据？泛神论、唯物论、必然性等原则，并不是苏非派独有的，也不是他们之前的卢克莱修和他之前的伊壁鸠鲁独有的。它可能属于最早的思想者那种非常原始的无神论，更可能是一个社会和政治野蛮时代，在七十二宗的每一个都想分裂世界的阴影下，生活在其中的哲学家自发产生的。冯·海默尔（根据施普伦格的《东方目录》）说欧玛尔是"自由思想者，苏非派的伟大反对者"。大概是因为，当他掌握了很多他们的学说时，他就不会假装在道德上十分严苛，从而造成自己前后矛盾。乌斯利爵士在包德勒稿本的扉页上也写下了表示相同观点的题记。在尼古拉斯先生自己的版本里，也有两首柔巴依，苏弗和苏非都是被贬抑地称呼的。

无疑很多这样的四行诗如果不作神秘解释看来无法理解，但更多的如果不是照字面解释也是无法理解的。比如，酒如果是精神性的，但一个人死后如何用它清洗身体？为什么用没有生命的泥土做酒杯，必须被一些后来的神秘主义者注入"神灵"？尼古拉斯先生自己看来被一些"奇异"和"过于东方"的暗示和形象所困扰，这些东西诚然"过于肉欲而有时使人反感"，这样的"方便语"不允许他把它们翻译出来，而读者只有指向"神圣性"而别无他法了。[8] 无疑在德黑兰写本中也有一些四行诗，就像在加尔各答本中，都是伪作，这样的柔巴依其实是波斯短诗的常见形式。但这里至少同时揭示了事情的两个方面。虽然苏非被看作波斯的学者和文学家，但他们比漫不经心的伊壁鸠鲁主义者更可能挟带有利于他自己的关于这位诗人的看法。我注意到，在包德勒抄本里很少有较为神秘的四行诗，它应该是最古老的抄本之一，在回历865年、公元1460年写于设拉子。这个，我认为，特别有助于将欧玛尔（我忍不住使用他为人熟知的名字称呼他，而不是用基督教的教名）与其他波斯诗人区别开来。这才是那位在寓言和玄境中的人，那位自放于自己的歌声里的诗人。我们好像和这个人相伴，那就是欧玛尔本人，带着他所有的幽默和热情，坦率地在我们前面。我们好像真实地和他同桌共饮，酒已经开始轮流倒上了。

[8]

在第234首的注释他承认了这一点，不管这些意象的神秘意义对于欧洲人是多么显而易见，但它们即使被波斯的平信徒所引述，也不会不"脸红"。"当读到这首四行诗开头的欢爱之情时，一如读这本诗集中其他篇章时那样，我们的读者如今早已习惯于这些奇异的表达——海亚姆经常用这种方式来表达他对神圣之爱的思念。而对于那些太过东方化的意象所具有的特点，那种有时过于叛逆的肉欲，我们的读者可以毫无困难地将它们看作是指向神圣性的。然而这种信念在穆斯林毛拉间引起了激烈的争论，而且不少世俗信徒对此也颇有非议——我同胞们对于这些指向精神的事物一视同仁的许可令他们确实为之感到脸红。"

我必须说，就个人而言，我从来没有完全相信哈菲兹的神秘主义。只要这位诗人在他的歌曲开头和结尾向穆罕默德行额手礼，即便他持有和歌唱苏非的泛神论，也似乎不会有什么危险。哲拉鲁丁、贾米、阿塔，还有其他人，都是在这样的条件之下歌唱的，他们实际上是用酒和美人作为意象去阐明，而非作为面具去掩饰，他们赞颂的神明。也许用些不那么容易犯错或滥用的讽喻，对于容易激动的人民比较合适。在以下情况下更是如此：一些人认为对于哈菲兹和欧玛尔，那种抽象不只是与肉欲形象相似，而且与之相同。这些都是危险的东西，即便对于虔诚教徒自身而言不是危险的，对于他的较脆弱的兄弟们而言却是危险的。对于刚入会的新的教徒，敬拜越是热烈，相应的亵渎就更加严重。这一切是因为什么呢? 用官感愉悦的形象来诱惑，而如果一个人想接近神，这是必须弃绝的。根据教义，这位神既是官感物质亦是精神，人们期望在死后与其宇宙不知不觉地合而为一，而不去指望在此世的全部克己努力，可以在另一世界获得任何福祉的补偿。卢克莱修的盲目神性，显然值得人们付出而且很可能也确实获得了与苏非的这种神性一样多的自我牺牲。而欧玛尔的歌的主题，如果不是"让我们吃"，那一定是"让我们喝，因为明天我们就死了! "如果哈菲兹用相近的语言表达了完全不同的意思，那么当他把自己的生命和天才倾注在如此模棱两可的赞美诗时，他肯定失算了。因为从他那时候到现在，曾说过和唱过这些赞美诗的，都不是精神上的礼拜者。

然而，由于有一些传统的推测，当然还有一些有学问人的意见，赞成欧玛尔是苏非派，甚至是圣徒，因此，有些人乐于如此解释他的酒和担酒者。可是另一方面，也有大量的历史事实证明他是一个哲学家，他具有远超他所生活的时代和国家的科学洞见和能力，证明他节制的世俗抱负使他只想做个哲学家，节制的欲望使他只想做个容易知足的享乐者。其他的读者会同意我，相信欧玛尔赞颂的酒只是葡萄的汁液，他的夸口远胜他的酒量，也许他只是为了表示对精神上的酒的蔑视，因为那让它的徒众陷入了虚伪或令人嫌恶之中。

注 释

维德先生《柔巴依集》的编排包括菲茨杰拉德的完整译本，除了一点儿不同的次序。下面这些注释的编号符合本书四行诗的排序。

2/

"虚假黎明"（Subhi Kazib），在真正的黎明（Subhi sadik）前大约一个小时，地平线上一瞬间的光线。在东方是个很常见的现象。

4/

"新年"。必须记得这里新年的开始是春分，（无论如何旧太阳历实际上已经被极不方便的太阴历取代了，它的计日从穆罕默德迁居算起。）这个日子据说是由杰姆西王指定为纪念节日的。杰姆西王是欧玛尔经常提到的，其年历他也参与过修订。

宾宁说："春色突然到来，很快遍布，非常吸引人。田野才开始解冻，树木抽芽，土壤生花。在他们的元旦（Naw Rooz），雪在山上如补丁，在谷间像阴影，园中果树的新枝已很美丽，绿草杂花在平原到处都是。

> '老迈的冬日之神戴着冰冠
> 　夏天的蓓蕾做成一个芬芳的花环
> 嘲讽似的，放在——'

在新生的各种植物中我又认出一些多年未见的熟悉品种，有两种蓟；野雏菊，很像马头兰；红白三叶草；酸模；蓝色的矢车菊；水岸两边的野生草药蒲公英生出黄色的顶冠。"还听不到夜莺，看不到玫瑰，但是画眉鸟和啄木鸟已经唤起了北方乡村的春天。

"摩西的白色之手"。见《出埃及记》第四章第六节。那里说，摩西抽出他的手，——根据波斯人，没有说"大麻疯像雪"，只说"白"，——大概类似我们春天的山茶花。也是据他们说，耶稣的治愈能力就在他的气息中。

5 /

伊兰园，为夏达德王所建，现在已经湮没在阿拉伯沙漠的某个位置。杰姆西王的七环杯象征七重天，七大行星，七个海等，是一只神杯。

6 /

巴列维语，波斯古代英雄时代类似梵语的古老语言。
哈菲兹也讲过夜莺的巴列维语没有跟着人类的一起
改变。

我不能确定第四行所指，究竟是看起来很惨黄的红玫
瑰，还是黄玫瑰本该为红色？红色、白色、黄色的玫
瑰在波斯都很普遍。我想索西在他的《类纂》里，引
用了一些西班牙作者的说法，说玫瑰在十点是白色，
两点是黄色，五点是红色。

10 /

鲁斯塔姆，波斯的赫拉克利特，扎尔是他的父亲，《列
王纪》里高度颂扬了他的功绩。哈蒂姆，东方式慷慨
的闻名典范。

13 /

这个鼓，是在宫外敲击的。

14 /

那里是玫瑰的黄金中心。

18 /

波斯波利斯，也被叫做杰姆西王的宝座。杰姆西王是
神话时代的俾什达迪王朝最杰出的国王，根据《列王
纪》的说法，他被认为兴建了这座城。也有人说是妖
王詹·伊卜·詹在亚当时代之前的工程，这位妖王也

建造过金字塔。

巴拉姆·古尔，有野驴巴拉姆之称，萨珊王朝君主。像波西米亚王一样，也有他的七座城堡，每个城堡有不同的颜色，住着一位皇家公主，每个公主给他讲一个故事。这是波斯最著名的诗歌之一所讲，它的作者是阿米尔·霍斯陆。根据东方的神话，这些七城之类都象征七重天，大概这部诗自己就是八重天，它凌驾在神秘的七重之上，被它们围绕。那些塔楼还有三座遗址，由乡人开放参观。还有一个巴拉姆追猎野驴时陷入的沼泽，就像雷文斯伍德的主人一样。

> 宫殿把他的柱子向天空投出，
> 宫门曾悬着国王容貌的画图。
> 　我看到一只鸽子孤零零飞落在那儿，
> "咕咕咕"，她叫着，"咕咕咕"。

这首是宾宁发现的，和哈菲兹等人的一些诗，被游人刻在波斯波利斯的遗址上。鸽子的"咕咕咕"像古代巴列维语，在波斯语里的意思是"哪里? 哪里? 哪里? "

在阿塔尔的《百鸟朝凤》也提到鸽子被群鸟领袖责备，她一直停着不动，为了失去的优素福永远弹着忧伤的曲调。

19 /
关于欧玛尔第十九首里的红玫瑰，我想起一个英格兰的老迷信说法，我们的紫色白头翁（靠近剑桥的富利姆渠生长很多），只生在丹麦人洒血之地。

21 /

每一个行星一千年。

34 /

Parwín and Mushtari，就是昴宿和木星。

37 /

土星，第七重天的主宰。

38 /

我和你，不同于全体的独立存在或单一体。

43 /

一个波斯诗人，我想是阿塔尔，讲过一个与此相关的美丽故事。　个口渴的旅人从泉水里捧水喝。跟着又来了另一个，他拿了个陶碗舀水喝，然后把碗留在身后就离开了。

第一个旅人拿起碗来再舀，他吃惊地发现，同样的水从他手里喝的是甜的，从陶碗里喝的就是苦的。这时有声音，我想从天上传来，告诉他：制碗的陶土曾经被做成人，现在形状换了样，但是必死者的苦味没有丢掉。

45 /

饮酒前在地面洒一点儿酒的习俗在波斯还保留着，可能在东方都一样。尼古拉斯先生认为这是"表示慷慨豁达，同时劝说喝酒者应当一饮而尽，直到最后一滴"。这不是很像古代的迷信观点，奠酒以取悦地神，使她一起参与这违禁的狂欢。或者可能是用丰盛的祭品愉悦那些羡慕的眼睛，就像西方的古代人。而我们看到欧玛尔还有另外的用意，珍贵的酒不能丢弃，让它渗入地下好使那些从前可怜的好酒者重新振作。哈菲兹在很多方面都摹仿欧玛尔，他说："当你喝酒时把一杯倾倒地上，难道不怕罪孽又会增长？"

49 /

根据一个美丽的东方传奇，亚兹拉尔把生命之树的苹果放在鼻孔下面，就完成了他的使命。这一首，和之后的两首，有人认为是多余的，应该从文本中删去，但我对此建议宁可忽视。

57 /

From Máh to Máhi，从鱼到月。

60 /

这当然是关于他学问的一个玩笑。欧玛尔有一首奇妙的数学诗被指出给我，更奇妙的是它跟多恩博士的一些诗几乎完全可以类比，这些诗被艾萨克·沃尔顿的传记引用。欧玛尔的诗是："我和你能跟圆规的形象相比；我们虽有两个头（也就是我们的脚）是一个身体；每当我们固定了圆周的中心，到最终我们的头（也就是脚）合在了一起。"多恩博士：

> 如果我们是两个，我们两个
> 也像直直的圆规两脚相并。
> 　你的灵魂，是固定的脚，不过，
> 只是看来不动，另一个动你就动。

> 虽然你在中心稳坐，
> 但当我，那另一个去远行，
> 　你就倾听着我，把身斜侧，
> 等到我回家你才直起身形。

> 对我你正是这样，我也像
> 另外那只脚，跑时身子也斜着。
> 　你的坚定使我的圆恰当，
> 我的终点与起点相合。

63 /
七十二教派据说划分了世界，有些人认为包括了伊斯兰教，有些不这么认为。

64 /
暗指马穆德苏丹征服印度和它的黑种人。

72 /
魔灯（Fanusi khiyal）在印度仍在使用，一个圆筒形内芯上画着各种人物，小心地使之平稳和通风，围绕着里面点燃的蜡烛旋转。

74 /
原文有一句很奇异，文词断续有些像我们的《木鸽笔记》，说是她总是从断掉的地方开始。

87 /
陶罐和陶匠跟人和造物主的比较关系，从希伯来先知时代到今天，在世界文学中流传既久且广。最后出现了"罐神论"这个名称，卡莱尔还用这个词揶揄斯特林的泛神论。我的教长，具有淹通的学问，写信给我：

"至于老欧玛尔的陶罐，我没有告诉你我在《皮尔森主教论信仰》一文中发现的意见？'我们全由他的意志处置，我们当前和将来境况的缔构和安排全由他智慧和公正的意志决裁。陶匠难道没有对陶土的权力，同一块土，或者做出一个高贵的器皿，或者做出一个低贱的器皿？（《罗马书》第九章第二十一节）制陶者对于他的陶片兄弟（都由同样的材料做成）不是有任意的权力，就像神对他？神用无所不能的权力去做奇妙的创造，先从虚无造出泥土，又从泥土造出他。'"

还有从一个非常不同的地方得到的。"我在以后的时候会提到阿里斯托芬，偶然想起他的《马蜂》一剧中有个惊奇的说话陶罐的故事，但现在完全忘记了。"

陶罐请旁观者给他的不好待遇作证。一个妇人说:"以普洛塞尔皮娜起誓,你如果不去作证,(像《清教徒》里卡迪和他的母亲)就去买个铆钉,倒是显得更聪明。"学者解释说,那个罐子就是陶匠做的碗。

90/

在斋月(这总是让回教徒很不健康很不和蔼)结束的时候,新月(它决定着他们对一年的划分)的第一瞥早被焦急万分地等待,现在可以大声欢呼了。地窖里运酒者捆扎的声音也听到了。欧玛尔关于这同样的月亮还有另外一首很好的四行诗:

> 开心吧——郁闷的月份将要死去,
> 新月给我们的补偿不断持续:
> 　　看那一个老的多么憔悴,佝偻,惨淡,
> 被时间和斋戒折磨,正奄奄天际!

维　　德　　版　　对　　照　　表

维德版	菲兹杰拉德第三版	维德版	菲兹杰拉德第三版
1-30	同	55	49
31	74	56	50
32	53	57	51
33	54	58	52
34	75	59	55
35	76	60	56
36	77	61	57
37	31	62	58
38	32	63	59
39	33	64	60
40	34	65	61
41	35	66	62
42	36	67	63
43	37	68	64
44	38	69	65
45	39	70	66
46	40	71	67
47	41	72	68
48	42	73	69
49	43	74	70
50	44	75	71
51	45	76	72
52	46	77	73
53	47	78-101	同
54	48		

后 记

维德插图柔巴依集

《柔巴依集》是英国诗人菲兹杰拉德翻译波斯诗人海亚姆的著名诗集，维德是这部诗集的第一个插图本，用图画完美诠释了诗的哲理。全书影印维德插图本《柔巴依集》原本，包括了菲兹杰拉德的译诗和维德的插图，对应作出中文翻译。中文翻译有诗体和散文体两种，既表现中文的诗意，也严格传达原诗的本意。书中维德的插图注释，是首次译出。

译者简介

钟 锦 | Zhong Jin

从叶嘉莹教授学诗,现为华东师范大学哲学系副教授,从事西方哲学、中国古典文学及中西文化比较研究。著有《词学抉微》《康德辩证法新释》《长阿含经漫笔》,译有《波斯短歌行》《恶之华》《杜伊诺十歌》。这次是他最新的现代白话诗体译文。

汪 莹 | Wang Ying

现为上海师范大学旅游外语系副教授,从事英诗翻译研究。

人间随读·第Ⅰ间——生活的纬度（全五册）

图书在版编目(CIP)数据

人间随读. 第Ⅰ间，生活的纬度 / 辛德勇等著.

上海 ：上海文化出版社，2025. 8. -- ISBN 978-7-5535-3254-7

Ⅰ．I217.1

中国国家版本馆 CIP 数据核字第 2025U948V6 号